Journaliste, écrivain et critique littéraire, Bernard Pivot, à travers ses émissions « Ouvrez les guillemets », « Apostrophes » ou encore « Bouillon de culture », a donné le goût de la lecture à des millions de téléspectateurs. Il a présidé l'académie Goncourt de 2014 à 2019.

BERNARD PIVOT

100 mots à sauver

ALBIN MICHEL

© Dicos d'or, 2004.
ISBN : 978-2-253-11777-3 – 1re publication – LGF

Pour Cécile.

Préface

On s'emploie avec raison à sauver toutes sortes d'espèces d'oiseaux, d'insectes, d'arbres, de plantes, de grosses et de petites créatures bien vivantes mais menacées de disparition. Des mots, eux aussi, pour d'autres raisons que la chasse, la pollution et l'argent, meurent. Pétrifiés dans des dictionnaires obsolètes ou humoristiques, recensés par des lexicologues historiens, ils ne subsistent que dans les œuvres littéraires où, intrigué mais paresseux, le lecteur les saute ou les ignore trop souvent.

Rares sont les personnes émues par la disparition des mots. Ils sont pourtant plus proches de nous que n'importe quel coléoptère. Ils sont dans notre tête, sous nos yeux, sur notre langue, dans nos livres, dans notre mémoire. Dieu sait que les initiatives ne manquent pas, ni les bras ni l'argent, pour conserver le patrimoine, mais, alors que les mots en font autant partie que les pierres, les tissus, la porcelaine, l'or et l'argent, ils n'intéressent pas grand monde. L'écologie des mots est balbutiante. Ah ! menacés, s'ils avaient des ailes et une queue, comme on s'apitoierait sur leur sort ! Les mots ont pourtant des ailes, des yeux, des becs, des pattes, des queues, des muscles, du souffle, un cœur ; tous possèdent une histoire, un sexe, une âme, une identité, des papiers – « Mots, vos papiers ! » –, mais le public ne le perçoit pas et ne le sait pas.

Et si on travaillait à sauver des mots en péril ? Tâche bien modeste comparée à celle du grand linguiste – très étonné si on avait ajouté : écologiste – Georges Dumézil, qui questionnait le dernier locuteur d'une langue du Caucase pour en fixer la grammaire avant l'extinction définitive de l'un et donc de l'autre. Ce ne sont pas seulement des mots qui meurent, mais des centaines de langues, en particulier en Australie, chez les Aborigènes, et au Canada, chez les Amérindiens. Disparaissent environ vingt-cinq langues par an, précisait Claude Hagège dans un livre dont le titre était un cri : *Halte à la mort des langues* (Odile Jacob, 2000).

Alors, par comparaison, quelle importance que quelques mots d'une langue vivante et robuste comme le français s'évanouissent dans la nature !

Sauf que c'est ennuyeux et regrettable qu'une langue s'appauvrisse, qu'elle perde du goût, des couleurs, du sens, de l'exactitude, qu'elle laisse échapper des mots-cailloux, des mots-bijoux, des mots-choux, et même des mots-poux ! Ces disparitions ne menacent pas son existence ni sa santé. Mais qui l'aime, qui la caresse, qui en apprécie les bizarreries comme les beautés, l'ordinaire comme la rareté, se désole d'en voir disparaître des bribes, des éclats, des fragments, et, au fil des années, des pans.

Au fait, pourquoi tant de mots passent-ils de vie à trépas ?

Parce qu'ils ont vieilli, parce qu'ils sont vieux, parce qu'on les utilise de moins en moins et qu'à la fin, comme les collaborateurs âgés dans les entreprises, ils sont mis à la retraite, remerciés, expulsés et voués à l'oubli.

Je considère que tout mot qui disparaît des deux dictionnaires populaires de langue, le *Petit Larousse* et le *Petit Robert*, dont l'orthographe et le sens ne peuvent plus être vérifiés par le grand public, tombe dans une sorte de coma. Ils bougent encore dans les grands *Larousse* et *Robert*, mais, au total, combien de Français possèdent ces dictionnaires énormes et coûteux ? Le *Petit Larousse* et le *Petit Robert* sont des conservatoires du français vivant. Quand un mot en est exclu, il perd sa légitimité. Il n'appartient plus à la communauté foisonnante et proche, à portée de main, des mots en activité, donc en vie. Il est rejeté dans les ténèbres extérieures, où il va fatalement décliner, s'éteindre, se figer à l'état de vestige, de relique ou d'épave.

Toujours comme dans les entreprises, le *Petit Larousse* et le *Petit Robert*, pour accueillir des mots nouveaux, leur donnent la place d'anciens. Ils ont raison de s'ouvrir à des vocables modernes, à des termes issus des techniques nouvelles, au lexique inventé par la société d'aujourd'hui. Une langue qui n'évolue pas et qui ne s'enrichit pas est une langue malade ou marginalisée. L'ennui, c'est que l'espace dans les deux dictionnaires de référence est limité. Ils n'augmentent pas chaque année leur pagination. Il leur faut donc pousser des mots dehors pour faire de la place aux nouveaux, lesquels, ô cruelle jeunesse, chassent principalement ceux qui, dans le *Petit Larousse* et le *Petit Robert*, sont qualifiés de *vieillis* ou de *vieux*. Ainsi disparaissent des mots magnifiques, victimes du jeunisme, de leur grand âge, de leur singularité littéraire, de la rareté de leur emploi, de leur résonance classique ou un peu précieuse, et même, pour quelques-uns, de leur longueur...

Je propose d'en sauver cent. Comment ? En informant le public, qui en connaît certains et d'autres pas, qu'ils existent. En expliquant leur sens, avec à l'appui une citation puisée chez un écrivain. En leur faisant de la publicité, pour qu'ils soient mieux connus et plus souvent employés quand cela est possible.

Encore faudrait-il que les directions de Larousse et de Robert acceptent de ne pas figer leurs dictionnaires dans un nombre de pages intangible. C'est vrai, ça coûte cher, mais ils devraient, surtout quand ils procèdent à une révision générale, augmenter suffisamment la pagination pour loger des locutions et des mots nouveaux sans que les anciens, les fragiles, à pleines charrettes, en soient les victimes. Pour obtenir cela, faut-il supplier, pétitionner, défiler ?

Quelques observations :

1) À l'exception de trois (*clampin*, *génitoires* et *peccamineux*, déjà disparus, que j'ai glissés pour montrer que ces exclusions sont souvent injustes et regrettables), tous ces mots sont encore en activité dans le *Petit Larousse* et le *Petit Robert*, parfois seulement dans l'un des deux, ce qui n'est pas bon signe. Ils sont tous qualifiés, dans les deux dicos, presque toujours d'accord, de *vieillis* ou de *vieux*. La mention *littéraire* ou *didactique* n'est pas rassurante non plus.

2) Parfois, parce qu'il a heureusement pour lui plusieurs sens, ce n'est pas le mot qui est en péril. C'est l'une de ses acceptions qui tombe en désuétude et qui risque de s'éteindre.

3) Il va de soi que les risques d'exclusion ne sont pas les mêmes pour les cent mots choisis. *Coqueci-grue*, *déduit*, *trotte-menu* et *radeuse* ont probablement une vie moins sûre, plus menacée, que *lupanar*, *barguigner*, *huis* et *jean-foutre*, qui conservent un peu plus de surface.

4) Les citations n'ont pas été prises dans des ouvrages qui les auraient déjà collectées. Elles sont toutes originales, fruit de mes innombrables lectures d'écrivains de toutes sortes.

5) Cette cueillette des mots vieillis ou vieux, menacés de disparaître, chacun peut la faire. C'est pourquoi vous découvrirez à la fin de ce petit livre qui, je l'espère, vous informera et vous divertira, des

pages blanches où vous éprouverez peut-être l'envie de noter vos propres trouvailles, de poursuivre le jeu, de constituer votre herbier personnel. Il existe des centaines d'autres mots en péril. Ne serait-ce que pour services rendus, ils ne méritent pas notre indifférence. Si nous le voulons, ils seront encore utiles. Sauvons-les.

Argousin
(nom masculin)

Ex-officier des galères, l'argousin est, non sans une ironie un peu bravache, un agent de police. Il a du sang espagnol et portugais de l'*alguazil*.

> *« C'est un brun avec de jolies côtelettes très soignées et un regard sans aucune fierté. Manifestement, il est venu pour s'occuper des femmes et les plus jolies d'entre elles éclatent de rire quand elles apprennent que la police a dépêché un argousin à cheval chez les Lanza pour être au courant du fin mot. »*
>
> Jean Giono,
> *Voyage en Italie.*

Hep !

Le pandore, lui, est un gendarme. En dépit de Georges Brassens, qui employait volontiers le mot dans ses chansons, le terme a également vieilli.

> *« En voyant ces braves pandores*
> *Être à deux doigts de succomber,*

Moi j'bichais, car je les adore
Sous la forme de macchabées. »

Georges Brassens,
Hécatombe.

Atour
(nom masculin)

La dame d'atour avait la responsabilité de l'habillement de la reine. Les princesses pouvaient aussi avoir des dames d'atour. Au singulier, un atour était donc la parure, la toilette. Puis, au pluriel, les atours sont devenus l'ensemble des vêtements de la femme. « Elle est parée de ses plus beaux atours », disait-on encore il n'y a pas si longtemps. Le *Petit Larousse* ne retient que le mot au pluriel.

« La vieille dame resta surprise, le soir du bal, de constater avec quelle grâce la fille de la modiste portait ses atours... »

Karen Blixen,
Le Dîner de Babette,
traduit du danois par Marthe Metzger.

« Enfant charmant haute est la tour
Où d'un pied de neige tu montes.
Dans la ronce de tes atours
Penchent les roses de la honte. »

Jean Genet,
Le Condamné à mort et autres poèmes.

Babillard, arde
(adjectif et nom)

Qui aime babiller. Donc bavarder, parler beaucoup. Ne sent-on pas la nuance qui sépare le babillard du bavard ? Celui-ci est prolixe, abondant sur toutes choses, y compris les plus sérieuses, alors que celui-là aime discourir avec légèreté, souvent dans la confusion, de sujets frivoles ou amusants.

> *« Les forbans ont choisi le néant ou la résurrection, non la confuse survie des épitaphes. La lumière désinfectée qui nimbe leur divagation éblouit les gloires babillardes de nos civilisations. »*

> Gilles Lapouge,
> *Les Pirates.*

Hep !

Par expérience, j'affirme qu'il est plus facile de couper le sifflet à un babillard qu'à un bavard, mais que le babillard revient plus vite et plus souvent à la charge.

Badauderie
(nom féminin)

Dans les dictionnaires comme dans la rue, il y a toujours des badauds (et des badaudes, le féminin existe), c'est-à-dire des flâneurs qui s'intéressent au spectacle impromptu du trottoir, aux minuscules incidents sur la voie publique. Mais la badauderie, passe-temps du promeneur, n'est plus que mentionnée dans le *Petit Robert* à la fin de l'article sur *badaud*.

> « *Ma badauderie littéraire. Je vais de livre en livre. Je m'excite d'idée en idée. Je m'arrête quelques minutes devant un projet, et je passe.* »
>
> Jules Renard,
> *Journal 1906.*

Hep !

Sont totalement sortis de l'usage le *badaudage* et, surtout, le verbe *badauder*, « faire le badaud », qui avait son utilité. A-t-il existé dans la forme pronominale, *se badauder*, comme *se promener, se balader* ?

Aux promeneurs d'entre les mots, il reste la *baguenaude* et, surtout, *baguenauder, se baguenauder*.

> « *Abandonnant aux érudits le commentaire de leurs chefs-d'œuvre pour se consacrer à la baguenaude en compagnie de ses auteurs favoris...* »
>
> Jean-Paul Caracalla,
> *Vagabondages littéraires dans Paris.*

Bailler
(verbe)

Il y a *bâiller* (ouvrir involontairement la bouche), *bayer aux corneilles* (tuer le temps la bouche ouverte, le regard perdu), et *bailler*, verbe dont on a oublié qu'il est synonyme de *donner* : « Baillez-nous le mot de passe » ; « Baillez-moi cent francs ». Bailler ne subsiste plus que dans l'expression *vous me la baillez belle* ou *vous me la baillez bonne*, c'est-à-dire : vous cherchez à me faire croire une chose fausse.

> « *Le démon n'attaquait pas Vincent de front ; il s'en prenait à lui d'une manière retorse et furtive. Une de ses habiletés consiste à nous bailler pour triomphantes nos défaites.* »

André Gide,
Les Faux-Monnayeurs.

Hep *!*

Je donnerais bien davantage à un mendiant qui écrirait sur son bout de carton : « Baillez-moi S.V.P. 1 ou 2 euros. »

Bancroche
(adjectif)

Croche équivaut à « crochu ». Qui est recourbé, qui n'est donc pas droit. Qui est même bancal. Se dit généralement d'une personne qui a les jambes tortues (adjectif vieilli, lui aussi), torses, et dont la marche est claudicante. Par extension, *bancroche* qualifie un raisonnement bancal ou une démonstration boiteuse. Dans l'exemple qui suit, *bancroche* est employé comme substantif. Il y gagne en force.

> « *Qu'on les y laisse sur la terre [...], même comme ils sont, même pas guéris, et les bancroches, et les manchots, et les aveugles, et les hydropiques.* »
>
> Henri Guillemin,
> *Zola, légende ou vérité ?*

Hep !

À propos de crocs et de crochets, on notera l'expression argotique imagée, très savoureuse : *avoir les crocs* ou *avoir les crochets*, « avoir faim ». *Avoir les dents, avoir la dent*, a le même sens. Le *croquignole* était jadis un petit gâteau sec et... croquant (relate Alain Rey dans son *Dictionnaire historique de la langue française*), avant de devenir le nom de l'un des trois Pieds Nickelés (Croquignol, Filochard et Ribouldingue). Le charmant et drôle *croquignolet* était aussi un nom de pâtisserie avant de qualifier quelqu'un ou quelque chose d'assez ridicule, quoique sympathique.

Barguigner
(verbe)

C'est hésiter, ne pas se décider, balancer pour gagner du temps. On l'emploie le plus souvent dans une formulation négative : « Sans barguigner » ; « Il n'a pas barguigné » ; « Allons-y, ne barguignons pas ». Autrement dit, neuf fois sur dix, *barguigner* est utilisé pour dire qu'on ne barguigne pas.

> « – *Vous parlez comme un confessionnal [...]. Allons ! dites-moi tout sans barguigner.*
> – *Pour ça, je vais tout vous dire sans barguigner.* »
> Louis Aragon,
> *Anicet ou le Panorama, roman.*

Hep !

Aux XVI⁰ et XVII⁰ siècles, un barguigneur était un homme qui hésitait à acheter, qui marchandait longuement. Le sens commercial de *barguigner* a disparu et le verbe s'est appliqué ensuite à toute forme d'indécision.

Bath
(adjectif invariable)

« C'est bath ! Ah, ce que c'est bath ! » On disait aussi, pour bien se faire comprendre : « C'est drôlement bath ! C'est vachement bath ! » Il faut entendre *bath* comme : beau, magnifique, agréable, exquis. Chanson célèbre de la première moitié du siècle précédent : *La java la plus bath*. On peut aussi employer *bath* sans exaltation, sans forcer la voix, pour dire de quelqu'un qu'il est épatant, serviable, chic : « C'est bath, ce que tu as fait !... » Et puis *super* est arrivé, qui a remplacé *bath* : « C'est super ! C'est un type super ! C'est super, ce que tu as fait ! Le film était super ! » Mais *bath* est un mot très bath, et même super !

> « *Enfin il découvrait la fille de l'adjudant-chef Marie, l'homme au bouc poivre et sel, collégienne de seize ans et, pour toute l'École, figure de légende, intouchable, à l'auréole démesurée [...].*
> *– C'est vrai qu'elle est quand même bath ! pensait-il.* »
> Yves Gibeau,
> *Allons z'enfants.*

Hep *!*

Chouette, moins démodé que *bath*, mais beaucoup moins moderne que *super*, *géant*, *extra*, *génial*, est une sympathique interjection qui, justement, exprime, *mezza voce*, la sympathie, l'admiration.

J'ai employé *bath* dans le texte de la finale des Dicos d'or 2003 : « Je vous apprendrai à danser les french cancans, les fox-trot et les bossas-novas qui enchantèrent mes années les plus bath. »

Béjaune
(nom masculin)

Béjaune est la contraction du nom *bec* et de l'adjectif *jaune*. Quand l'oiseau n'a pas été dressé à chasser par le fauconnier, il porte encore sur le bec une membrane jaune. Un béjaune est donc un jeune homme sans expérience, naïf, un peu bébête, facile à gruger. C'était autrefois le nouveau venu dans une corporation.

> « Mme Gentil dut se contenter de l'absolution d'un vicaire béjaune et lourdaud... »
>
> Marcel Jouhandeau,
> *Le Livre de ma mère.*

Montrer son béjaune, c'est-à-dire se montrer inexpérimenté et sot, est une expression qui a disparu.

Hep !

S'il a lui aussi un peu vieilli, *blanc-bec* reste quand même plus usité que *béjaune*. Il n'a pas tout à fait le même sens. Un blanc-bec est un jeune homme également inexpérimenté et un peu bébête, mais, en plus, sûr de lui et arrogant.

Billevesée
(nom féminin)

Ce n'est pas parce qu'il désigne des sottises, des propos dénués de sens, des balivernes sans intérêt (de *beille*, « boyau », et de *vezé*, « gonflé », autrement dit des vessies, des outres) que ce mot n'est pas précieux. D'autant qu'il est très agréable, certains soirs où « on ne se prend pas la tête » parce qu'on est entre amis et que l'humeur est joyeuse, d'échanger des billevesées. S'emploie généralement au pluriel.

> « *Elle ne cessait d'accabler le malheureux forgeron : avec tes billevesées scientifiques, tu as détraqué le cerveau de notre fille !* »
> [...]
> « *Tu te rends compte, minable institutrice, veuve pathétique, du temps que tu nous as fait perdre à raconter des billevesées ?* »

Erik Orsenna,
Madame Bâ.

Hep !

Si toutes appartiennent à la famille des propos légers, bizarres et trompeurs, les billevesées sont cependant différentes des calembredaines et des carabistouilles (voir ce mot, page 29).

Brimborion
(nom masculin)

Un brimborion est un petit objet d'une valeur très modeste. C'est une babiole, une chose de peu. Par rapport à de grands mots coûteux, restés modernes, comme *château, orfèvrerie, meuble, authenticité, collection, antiquité...,* *brimborion* est un mot-brim-borion. S'emploie beaucoup au pluriel.

> *« Un marchand de chinoiseries s'entoure d'un jardin zen et de mille brimborions végétaux... »*
>> Alexandre Vialatte,
>> *Almanach des quatre saisons.*

> *« On voit par là combien il est difficile de se débarrasser de sa conscience, comme d'un brimborion salissant. »*
>> Alexandre Vialatte,
>> Chroniques de *La Montagne.*

Hep !

Alexandre Vialatte avait pour les mots un goût sûr, immodéré, enjoué et même farceur. Il en inventait. Il en associait qui ne se connaissaient pas jusqu'alors. Dans ses chroniques, en particulier du quotidien auvergnat *La Montagne*, il en utilisait de vieux, de savants, de bizarres, de savoureux. Il usait de mots précieux autant que de brimborions.

Brocard
(nom masculin)

Littéraire pour le *Petit Larousse*, vieux pour le *Petit Robert*, un brocard – à ne pas confondre avec le jeune chevreuil mâle, ni avec l'adage juridique, ni avec *brocart* (avec un *t*), soie à fils d'or et d'argent – est une moquerie, un persiflage, une petite flèche railleuse. Pourquoi diable le verbe *brocarder*, cependant lui aussi considéré comme littéraire ou vieux, est-il moins inusité que *brocard*, réellement en voie de disparition ?

> « *Il pouvait, puisque Brichot parlait tout le temps, garder un silence qui lui éviterait d'être l'objet des brocards de M. et Mme Verdurin.* »

Marcel Proust,
Sodome et Gomorrhe.

Hep *!*

Dans la même œuvre de Proust, ceci : « Crénom, s'écria le docteur, ma femme a oublié de faire changer les boutons de mon gilet blanc. » *Cré*, abréviation, aphérèse de *sacré*, est placé devant un mot amusant, injurieux ou blasphématoire pour en accroître la force ou l'effet comique. « Cré nom d'une pipe ! Cré nom de Dieu ! » Il n'est plus guère employé – cré Augustin ! – que par des vieux dans de lointaines campagnes.

Brune
(nom féminin)

Tout va bien pour les brunes, même si les hommes, dit-on, préfèrent les blondes ; pour les brunes, bières généralement plus alcoolisées que les blondes ; pour les brunes, cigarettes aussi dangereuses que les blondes. Mais la brune, c'est-à-dire le soir, la tombée de la nuit, disparaît peu à peu du langage. Et même la jolie locution adverbiale *à la brune*, au crépuscule, quand il commence à faire sombre et que l'air fraîchit.

> *« Préparez mon châle. Il faut se dépêcher, la nuit vient. Je risque la crève si je reste à la brune. »*
>
> Jean Genet,
> *Le Bagne.*

> *« On est en juillet et l'air est doux à la brune. »*
>
> Pierre Combescot,
> *Les Diamants de la guillotine.*

Hep !

Il y a aussi le nom *brunet*, au féminin *brunette*. Le *Petit Robert* les donne l'un et l'autre vieillis. D'accord pour *brunet*, qu'on n'entend plus. Mais la jolie *brunette*, la petite *brunette* circule toujours avec sympathie.

Cagoterie
(nom féminin)

N'existe plus que sous la forme d'une simple mention dans le *Petit Robert* à la fin des quelques lignes consacrées à *cagot* et *cagote*, noms qualifiés de vieillis. Le cagot est un tartuffe, un faux dévot. La cagoterie est différente de la bigoterie, qui est un état de dévotion étroite, ressassée, voyante, mais sincère, alors que la cagoterie, elle, est une bigoterie mensongère.

> « ... *tous ces symboles d'un pouvoir que j'exècre, la cagoterie appuyée sur le bras de la soldatesque, cela me fait bander de les arracher.* »

Olivier Rolin,
Méroé.

Hep !

Cagot est un mot béarnais qui désignait un « lépreux blanc ». Les descendants des cagots étaient tenus au Moyen Âge et sous l'Ancien Régime pour des... pestiférés. Ils étaient frappés de mesures d'exception.

28

Capon, onne
(adjectif et nom)

Un capon est un froussard, un poltron, et même un lâche. Le mot viendrait de l'argot italien *accapone*. Cet *accapone* est très proche à l'oreille d'Al Capone, célèbre gangster new-yorkais d'origine italienne, qui pourtant ne menait pas une existence caponne.

> « *Tout d'un coup, au moment suprême [...], dans son cœur sur l'attrait du plaisir une sage crainte l'emporte, et, s'il y eut des gens capons dans la ville, ce ne fut pas lui.* »

Marcel Jouhandeau,
Le Livre de mon père.

Hep !

Autre synonyme de *capon*, le nom et adjectif *couard* relève, selon les petits *Larousse* et *Robert*, du langage littéraire. Il y a aussi *pleutre*, *trouillard*, *dégonflé*, etc. Au secours !

Carabistouille
(nom féminin)

Les carabistouilles – ah ! quel mot comique et truculent, original et farceur ! – viennent de Belgique. Ce sont des fariboles, des bêtises, des propos anodins et un peu trompeurs. Ce mot est si rarement employé qu'il ne figure ni dans le *Grand* ni dans le *Petit Robert*. Absent du *Grand dictionnaire encyclopédique Larousse*, il est heureusement présent, au pluriel, dans le *Petit Larousse*. Par pitié, qu'on l'y laisse !

> « *Quand on me pose des questions et que je m'entends répondre, force m'est de constater que je jette souvent devant moi des carabistouilles. J'amuse le tapis. Sans intention de tromper, et par automatisme : on répète souvent des réponses qu'on a déjà faites... »*
>
> François Nourissier,
> *À défaut de génie.*

Hep !

La *calembredaine* – mot lui aussi vieilli, mais plus employé que *carabistouille* – est d'un sens un peu différent. Il s'agit de propos farceurs, déraisonnables, quasi extravagants, et même de grosses bourdes. Presque toujours au pluriel, parce qu'un zigoto qui a l'habitude de dire des calembredaines ne se contente pas d'une seule (voir *billevesée*, page 23).

Caraco
(nom masculin)

Ce mot, qui vient du turc *kerake*, désigne deux pièces du vêtement féminin, l'une qui cache, l'autre qui révèle. Autrefois, un caraco était un corsage, une blouse assez ample, une pièce du dessus sous laquelle on ne pouvait que deviner les formes de sa locataire. Les femmes de la campagne achetaient leurs caracos sur les marchés.

> « *Madame Lot avait épaissi et, pour passer la nuit dans son fauteuil, elle avait endossé un caraco qui l'engonçait encore.* »
>
> Félicien Marceau,
> *Bergère légère.*

Aujourd'hui, le caraco est une pièce de la lingerie féminine. Parfois en soie ou en satin, c'est un sous-vêtement très sexy, droit, qui s'arrête à la taille et qui est tenu aux épaules par de fines bretelles. La culotte est parfois assortie. Le mot *caraco* est désormais délaissé au profit de *chemisette*, *débardeur*, *top*, *haut*, etc.

Hep !

Par quel chemin mystérieux – qui, celui-là, ne doit rien aux Turcs – est-on passé d'un caraco qui recouvre à un caraco qui découvre ?

Cautèle
(nom féminin)

Même si on l'entend rarement, l'adjectif *cauteleux* – se dit d'une personne aux manières ou aux paroles habiles, caressantes, mais hypocrites – est resté debout. Alors que la *cautèle* est bien fatiguée. Elle est synonyme de prudence motivée par la ruse, au moins par l'attentisme. Peut-être *cauteleux* doit-il sa survie à sa belle sonorité, alors que *cautèle* paraît mièvre à l'oreille ?...

> « *Angelo était tellement heureux, après ces jours héroïques, de rencontrer un homme dont la cautèle lui parlait des paix bien reposantes de l'égoïsme, qu'il en était littéralement fasciné.* »

Jean Giono,
Le Hussard sur le toit.

Hep !

Différent de la *cautèle* d'une seule consonne, le *cautère* – mèche à brûler les chairs – serait aujourd'hui bien oublié sans la fameuse jambe de bois sur laquelle il est devenu proverbialement inefficace, inutile.

Chemineau
(nom masculin)

Le chemineau est un vagabond qui erre sur les routes et les chemins, vivant de peu, de petits boulots, de maraudes, d'aumône, de récupération. Ses synonymes : *trimardeur* et *galvaudeux* – féminin : *galvaudeuse* – ont encore plus vieilli, le dernier ayant même une connotation péjorative. Le chemineau moderne ne traîne plus ses grolles dans la poussière des chemins, mais conduit une guimbarde ou une moto rafistolée.

> « *Il avait dû ouvrir ses chambres à du tout-venant : petits tuberculeux d'Aubervilliers, demoiselles phtisiques des banlieues nord, mourants de rien du tout [...], Tziganes, chemineaux et cracheurs de feu, tout un peuple de gens usés jusqu'à la corde... »*
>
> Gilles Lapouge,
> *Besoin de mirages.*

Hep !

Attention au piège orthographique de l'homonymie ! Le *chemineau* est au *cheminot* des chemins de fer ce que le *cuisseau* de veau est au *cuissot* de chevreuil... Encore que le *Petit Robert*, assassin de Mérimée et de sa fameuse dictée, découpe désormais dans le gros gibier aussi bien des *cuisseaux* que des *cuissots*.

Clampin
(nom masculin)

Dans une librairie du boulevard Saint-Germain, un client engage la conversation. Il est professeur dans une école d'ingénieurs. Nous parlons de l'orthographe et des dictées des Dicos d'or. Et il me dit : « Je suis atterré par la méconnaissance de l'orthographe et de la grammaire de mes élèves. Et pourtant, je vous assure, ce ne sont pas des clampins ! »

Rentré chez moi, je consulte le *Petit Larousse* et le *Petit Robert*. Il est probable que ce mot amusant de *clampin* est qualifié de vieux. Il n'est qualifié de rien du tout : il n'y est pas ! Il n'y est plus ! Chassé, le clampin ! Largué ! Réfugié dans le *Grand Dictionnaire encyclopédique Larousse* et dans le *Grand Robert*. Où l'on rappelle qu'un clampin, c'est d'abord un traînard, celui qui se laisse distancer par les autres ; et que c'est aussi un paresseux ; et que c'est encore un type quelconque, sans originalité, sans envergure.

Hep !

Clopiner, clopin-clopant et *clampin* sont de la même famille de boiteux et de sympathiques *musards* (mot vieilli) et retardataires.

Coquecigrue
(nom féminin)

La coquecigrue est un oiseau bizarre, burlesque, fait de la réunion – comme son nom l'indique – d'un coq, d'une cigogne et d'une grue. D'où son sens aussi de chimère, de projet absurde et loufoque. *Regarder voler les coquecigrues*, c'est se faire des illusions. *Attendre les coquecigrues*, c'est espérer contre toute logique. Dans une acception littéraire ancienne, une coquecigrue est une baliverne, une observation ou une réflexion pas très sérieuse, hors du temps, inactuelle.

« Cette folle a rêvé... Lubie, coquecigrue, délire d'ivrogne, vision ! »

Philippe Claudel,
Les Âmes grises.

Pierre Hebey a sous-titré *Coquecigrues* les notations, les apophtegmes, les choses vues, entendues et lues qu'il a rassemblés, en deux volumes, sous le titre *Le Goût de l'inactuel*. D'autres écrivains ont appelé ce genre de petits écrits « miettes », « brindilles », « bribes », « brimborions » (voir ce mot, page 24), etc., façon apparemment modeste d'annoncer des fragments que l'on juge dignes de la publication.

Hep !

Le jour où les poules auront des dents est la version commune de *Quand les coquecigrues voleront en escadrilles.*

Débagouler
(verbe)

Dans son sens initial, débagouler, c'est vomir. On a gardé l'acte de rejeter par la bouche, mais, cette fois, des mots, des paroles. Celui qui débagoule ne se retient pas de proférer des propos désobligeants, voire injurieux. C'est un verbe qu'emploie assez souvent Flaubert dans ses lettres.

> *« Vous ne m'avez pas dit ce qu'on a débagoulé sur* Manette *[Manette Salomon, pièce d'Edmond et Jules de Goncourt]. »*
>
> Gustave Flaubert,
> *Correspondance,*
> *lettre aux frères Goncourt du 12 janvier 1868.*

Hep !

Il existe d'autres verbes, eux aussi très familiers, synonymes de *vomir* : *dégobiller, gerber. Dégueuler* est vulgaire. Si, même malade, on sait se tenir, on leur préférera *rendre, rejeter* ou *évacuer*.

Déduit
(nom masculin)

Dire de quelqu'un qu'il est « habile au déduit », cela signifie qu'il est expert dans les ébats amoureux. Les jeux de l'amour n'ont pas de secrets pour lui. Chez les mémorialistes du XVIIIe siècle, le mot *déduit* est fréquent. Il vient de *déduire*, qui, dans l'ancien français, signifiait « divertir ».

> « *Cet amant assidu, bienveillant, "consciencieux" jusqu'en ses ruses un peu naïves, ce Montaigne au déduit ne se prétend pas plus triomphant qu'il ne fut – nous l'avons vu attentif à ne pas gonfler le chiffre de ses performances.* »

> Jean Lacouture,
> *Montaigne à cheval.*

Hep !

Curieusement, l'Académie française, qui compte beaucoup d'écrivains, de princes, de généraux et même d'évêques habiles au déduit, dont certains membres actuels ne sont ou n'étaient pas maladroits dans cet exercice, a abandonné *déduit* dans la dernière édition de son dictionnaire.

Derechef
(adverbe)

De nouveau. Une seconde fois. Une nouvelle fois.
Encore une fois. *De nouveau*, c'est vrai, fait aussi
bien l'affaire. Mais *derechef* peut apporter une
nuance culturelle, de nostalgie, d'humour, d'ironie.
On aurait donc tort de s'en séparer et de s'en priver.

> *« Bon décor derechef, vingt ans après, pour la prise de
> congé, le baisser de rideau, les adieux au public, avec
> soleil couchant au clair de lune... »*

Régis Debray,
Contre Venise.

> *« Si je n'avais pas, à cet âge-là, lu* La Condition
> humaine, *je ne serais pas devenu communiste. D'aucuns
> penseront que je n'y aurais rien perdu. Peut-être même y
> aurais-je gagné quelque chose : du temps, en tout cas. J'en
> doute, mais ce n'est pas le problème, derechef. »*

Jorge Semprun,
Adieu, vive clarté...

Diantre !
(interjection)

Vieux juron qui utilise le diable pour exprimer
toutes sortes de sentiments : l'étonnement, l'admiration, l'embarras, la réprobation, l'agacement, la
conviction, etc. Passe-partout, donc pratique, cette

interjection se rencontrait souvent, autrefois, dans les romans, sous la forme appuyée *Que diantre !*, analogue à *Que diable !*

« *Ô Patrick, arriverions-nous jamais ? Diantre ! C'était autre chose que le sirocco vénitien.* »

Louis Guilloux,
Parpagnacco ou la Conjuration.

Hep !

L'adverbe *diantrement* a existé. Mais le diable l'a emporté à tout jamais en enfer...

Ébaudir (s')
(verbe pronominal)

Se réjouir, se divertir, s'amuser, être intimement et sincèrement joyeux de telle chose qui advient. La forme pronominale du verbe subsiste alors que, comme verbe transitif – « ébaudir quelqu'un » –, il n'est plus usité. *Ébaudir* est la forme moderne d'*esbaudir*, lequel n'est pas ou plus mentionné dans nos dicos de référence.

> *« Le soir, les charbonniers assis autour de leurs brasiers immenses contemplaient les bûches sèches se calciner lentement dans le feu et faisaient rôtir des marrons ; alors les voleurs sortaient de leurs cavernes pour s'esbaudir avec eux. »*
> Oscar Wilde,
> *Une maison de grenades*,
> traduit de l'anglais par François Dupuigrenet Desroussilles.

Esbigner (s')
(verbe pronominal)

Décamper. S'enfuir. Se sauver (de l'italien *sbignare*, « s'enfuir de la vigne »). Mais *s'esbigner* propose une nuance importante : il s'agit de quitter les lieux en douce, sans se faire remarquer, habilement, par un stratagème malin. Donc, rien à voir avec les verbes aujourd'hui à la mode : *se tirer*, *s'arracher*, *ficher le camp*, etc., qui annoncent un départ soudain et brutal. En revanche, *s'échapper*, et surtout *s'éclipser*, sont proches de *s'esbigner*.

> « *J'en profitais, la chose faite, pour courir rejoindre, dans mon dortoir, un élève de troisième, Aimé Gérard, qui parvenait je ne sais comment à s'esbigner de la cour des moyens.* »
>
> Maurice Chapelan,
> *Mémoires d'un voyou.*

Étalier
(nom masculin)

Si le mot a disparu de la boutique du *Petit Larousse*, il est toujours en rayon au *Petit Robert*. Mais il est très peu demandé : un étalier est un commerçant qui tient un étal de boucherie. Un garçon étalier est employé à l'étal d'un boucher.

> « *Dans l'entre-deux-guerres, Jean Prévost adore le rugby et ses mêlées d'airain sur le pâturin. [...] Quand son équipe affronte celle, costaude, des bouchers de Paris, deux étaliers se cassent le nez sur son crâne.* »
>
> Jérôme Garcin,
> *Pour Jean Prévost.*

Hep !

Le pâturin est la plante la plus répandue des prairies et l'une des plus appréciées des vaches. En désignant le tout : le terrain, la pelouse, le pré, par le nom d'une infime partie – une herbe, le pâturin –, l'auteur emploie une figure de style appelée synecdoque.

Faix
(nom masculin)

Le faix (prononcer : fait) ? Une charge, un fardeau. Le poids en est considérable. Le porter est pénible. L'expression *ployer sous le faix* a été remplacée par *ployer sous la charge* ou *ployer sous le poids*. Le portefaix d'autrefois est devenu le porteur. Si, à la descente du train, vous lancez « Hep, portefaix ! », vous risquez de devoir porter vous-mêmes vos bagages. Essayez quand même.

> « *Quand la nuit tombe, quelques femmes [...] vont ramasser ou abattre dans la brousse voisine la provision de bois pour la nuit. On devine leur retour dans le crépuscule, trébuchant sous le faix qui tend le bandeau de portage.* »
> Claude Lévi-Strauss,
> *Tristes tropiques.*

Hep !

Faix vient du latin *fascis*, qui a donné, explique le *Petit Robert*, aussi bien *fagot* que *faisceau*, *fascicule* que *fascisme*, et même *fessée*, donc aussi *fesse-mathieu* (voir ce mot, page 44).

Faquin
(nom masculin)

Dans le théâtre de Molière, les faquins sont des valets impertinents, des coquins qui ont tous les culots, des drôles (mot lui aussi vieilli dans ce sens-là) pleins de ruse et dont il faut se méfier. Si le terme était au début injurieux, il s'est arrondi, mais il désigne toujours un serviteur qui montre plus d'insolence que de savoir.

> « Quelquefois, c'était bien mieux : dans un groupe de petits garçons occupés à mouler des pâtés de sable, apparaissait quelque grand faquin à favoris et gilet rayé, qui disait gravement :
> – Monsieur le comte veut-il bien me suivre... »
>
> Henri Béraud,
> La Gerbe d'or.

Hep !

Il y a aussi *maraud*, vieux mot synonyme de *faquin*, de *coquin*, de *drôle*, de *lascar*, de *pendard* (voir ce mot, page 83), de *vaurien*, etc. Fabuleuse richesse de la langue pour nommer des individus roués, sans scrupule et souvent sympathiques...

Fesse-mathieu
(nom masculin)

Synonyme très ancien et comique d'*avare*, d'*usurier*, de *grippe-sou*, de *ladre*, de *pingre*, etc. Ce mot composé vient de saint Matthieu, patron des changeurs, fessé, battu, paraît-il, pour qu'il abandonne un peu d'argent. Au pluriel : *des fesse-mathieux* (voir *faix*, page 43).

> « *Chantons pas la langue des vieux*
> *pour les balourds, les fesse-mathieux,*
> *les paltoquets, ni les bobèches,*
> *les foutriquets ni les pimbêches.* »

Georges Brassens,
La Femme d'Hector.

Hep !

Georges Brassens adorait truffer le texte de ses chansons de mots lambrissés, patinés, passés à la cire d'abeille. Ainsi, dans les quatre vers cités, outre *fesse-mathieu : paltoquet*, individu arrogant ou rustre ; *bobèche*, tête, bobine (en ce sens, disparu du *Petit Larousse*), par extension : têtu, buté ; *foutriquet*, individu insignifiant, nul ; *pimbêche*, femme prétentieuse, bêcheuse, hautaine.

Fi !
(interjection)

J'ai hésité à retenir les deux lettres de *fi !*, mot suivi obligatoirement d'un point d'exclamation, parce que c'est réellement une interjection vieillotte, hors d'usage, d'un autre temps. S'exclamer : « Ah, fi ! monsieur, vos manières me lèvent le cœur ! » vous classe parmi les fantômes ou les précieuses ridicules. Pour exprimer le dégoût, la répugnance, le dédain, *pouah !* a pris la relève. Ou *beurk !* qui n'est pas gracieux. En revanche, l'expression *faire fi de* – repousser, dédaigner, mépriser – est toujours employée. Ce que j'aime bien dans ce *fi !* (du latin *fimus*, « fumier »), même si j'ai l'air d'en faire fi, c'est sa brièveté, sa rapidité – record de la langue française – pour notifier un rejet sans appel.

> « *Toi, du moins, tu as l'intention de te laver les mains, et c'est déjà quelque chose ; mais lui, ah ! fi ! je le hais, ce voleur de mon bonheur.* »

Valery Larbaud,
Le Pauvre Chemisier.

« – *Fi ! poussa Olga.*
– *Pouah ! fit Amaury.* »

Georges Perec,
La Disparition.

Hep !

Marguerite d'Écosse : « Fi de la vie ! »

Fla-fla
(nom masculin)

Ou *flafla*. Ou *chichi*. Ou *tralala*. Le fla-fla est un comportement ostentatoire, une mise en scène pour faire de l'effet, pour impressionner. Habillement recherché, luxueux, maniéré, très distingué. « Faire des flaflas. » C'est le contraire du naturel. Ce mot est presque une onomatopée : on entend dans la répétition de *fla* le froissement des étoffes, le bruit des paroles affectées.

> « *Toujours est-il que, deux dimanches de suite, il avait reçu chez lui, et avec beaucoup de fla-fla, un ami de Naples, un complice des temps heureux...* »
>
> Félicien Marceau,
> *Les Belles Natures.*

Hep !

Si *flafla* prend normalement le *s* du pluriel, le *Petit Robert* fait de *fla-fla* un mot invariable alors que le *Petit Larousse* écrit des *fla-flas*.

Flambard
(adjectif et nom masculin)

Le mot latin *flamma*, « flamme », a crépité et éclairé le français en lui donnant – outre *flamme*, *enflammer*, *flambe*, *flambeau*, *flamber*, *flambeur*, *flamboyer*, etc. – *flambard*, qui cependant ne fait pas le flambard, c'est-à-dire le fanfaron, le vantard, parce que accusé d'avoir vieilli. Il mérite de rajeunir.

> « *Ainsi moi, triste et emprunté [...], je ne suis moi-même, regonflé et flambard, que harnaché par le corps*

d'un enfant, sanglé par ses jambes, sellé par son torse, colleté par ses bras, couronné par son rire. »

Michel Tournier,
Le Roi des aulnes.

Hep !

Flambeau, le vieux grognard rescapé de la Grande Armée qui pousse l'Aiglon (dans la pièce du même nom d'Edmond Rostand) à revenir en France pour poursuivre la légende napoléonienne, a beau avoir un nom issu de la même racine que *flambard*, il n'en était pas un.

Flandrin
(nom masculin)

Flandrin est rarement employé sans être précédé de l'adjectif *grand*. Un grand flandrin est un homme grand, jeune, d'allure molle, gauche, hésitante, sans caractère ni colonne vertébrale. On n'est pas loin du grand dadais.

« Je n'ai à mon service que ce grand flandrin que vous verrez tout à l'heure. »

Geneviève Dormann,
La Passion selon saint Jules.

Hep !

Ce *flandrin* vient évidemment des Flandres, de leurs domestiques, grands par la taille et – selon les Picards et les Wallons de jadis, leurs méchants rivaux – petits par l'esprit.

Fortifs
(nom féminin pluriel)

Fortifs est l'apocope de *fortifications* (de Paris). Dans la première moitié du XXᵉ siècle, surtout au début, le populo parisien parlait des *fortifs* comme aujourd'hui on parle du *petit dej'* pour le petit déjeuner, de l'*appart* pour l'appartement ou de la *télé* pour la télévision. Les apocopes sont de nos jours innombrables, alors qu'autrefois elles étaient rares. Même si on ne va plus se promener près des fortifs, le mot mérite de rester, parce que c'est une apocope deux fois historique : dans la défense de la capitale, et dans l'évolution du vocabulaire.

> « *Une montagne de la zone qui s'élevait devant les fortifs pour dominer le grand champ quadrangulaire [...] où le parti socialiste avait convoqué le peuple à protester contre la loi militaire.* »

Louis Aragon,
Les Beaux Quartiers.

Gandin
(nom masculin)

Rien que pour son histoire, ce mot mérite de ne pas disparaître. À Paris, le boulevard des Italiens, baptisé ainsi en raison de la Comédie-Italienne (devenue Opéra-Comique), s'appelait autrefois boulevard de Gand. C'était un haut lieu de la mode et des mondanités. Il fallait y être vu. On appelait les habitués du boulevard des gandins. Ainsi moquait-on leur élégance trop recherchée et trop voyante. Depuis, un gandin est un jeune homme dont la mise raffinée, précieuse, frôle le ridicule. Mais ce n'est pas tout à fait un gommeux (voir ce mot, page 52).

> « *(Jean Cau) – Qui allez-vous prendre comme Premier ministre ?*
>
> *(Georges Pompidou) – Qui voulez-vous que je prenne ? Chaban !*
>
> *(Jean Cau) – Chaban ? mais c'est un gandin, un patron de salon de coiffure, un marchand de chaussures de luxe...* »

Jean Cau,
Croquis de mémoire.

Génitoires
(nom féminin pluriel)

Toujours au pluriel, puisqu'elles vont par deux au bas du ventre des hommes. On peut leur reprocher d'être du genre féminin, alors que les testicules – on est autorisé à faire le détail, à nommer *un* testicule – sont du même genre que leur propriétaire et utilisateur. Mais les *génitoires*, qui sont pourtant de la même famille que le *géniteur*, la *génitalité* et tout le saint-frusquin génital, ont disparu du *Petit Larousse* et du *Petit Robert*, l'un et l'autre acquis sans partage aux *testicules*, et même aux *roubignoles*, aux *roustons*, etc. Leurs grands frères font une petite place aux *génitoires*, mais les traitent de vieilles. Alors les petits jeunes, au sexe résolument moderne, s'en sont séparés. Pas prudent du tout...

> « *Les jambes dans le tapis, les bras dans le burnous, ou quelque chose d'approchant, Noé est avachi de telle sorte que, pendant son sommeil, involontairement, il exhibe ses génitoires, royal sous le velum.* »
>
> Michel Onfray,
> *La Raison gourmande.*

Goguenardise
(nom féminin)

L'air *goguenard*, la mine *goguenarde* s'affichent toujours volontiers dans les livres et les articles de presse. Il y a de la moquerie, de la raillerie dans l'œil ou le rire du témoin goguenard. Mais la *goguenardise* – mot trop long ? –, une raillerie facétieuse, une plaisanterie moqueuse, ne se rencontre plus guère.

> « *Je voudrais entrer plus avant dans l'explication de ma goguenardise.* »
>
> François Nourissier,
> *À défaut de génie.*

François Nourissier évoque les événements de mai 68 et il emploie ici le mot *goguenardise* pour qualifier son état, alors, de sceptique amusé et railleur.

Gommeux
(nom masculin)

Un gommeux est un jeune homme rendu ridicule par sa mise voyante et maniérée, et par la prétention qu'il en tire. C'est un gandin (voir ce mot, page 50) encore plus gandin, si l'on peut dire, qui s'affiche avec plus de provocation et de fatuité. Le mot vient-il du verbe *se gommer*, se pommader, ou de l'adjectif *gommé*, empesé (« une chemise empesée ») ? D'autres explications sont avancées.

> « *C'était le coin chic avec sa plage snob, les Souzeaux, ses grands gommeux sportifs, ses femmes du monde...* »
>
> Jean-Marie Rouart,
> *Adieu à la France qui s'en va.*

« Et Louisette avait souri, et mis le compliment dans sa poche sans se rendre compte que l'autre gommeux se moquait d'elle... »

Philippe Claudel,
Les Âmes grises.

Hep !

Il existe un féminin à *gommeux*. Mais la *gommeuse* n'est pas une jeune femme à l'élégance aussi risible que vaniteuse. C'était autrefois une chanteuse de café-concert. Elle y chantait souvent des goualantes (voir ce mot, ci-dessous). Colette a été gommeuse à l'Alcazar de Limoges.

Goualante
(nom féminin)

Une chanson populaire, un refrain des rues, une complainte amoureuse ou sociale propre à émouvoir l'auditoire. Édith Piaf fut la dernière grande goualeuse. Ses chansons *L'Homme à la moto* et *Les Amants d'un jour* ont été de remarquables goualantes à succès. *La Goualante du pauvre Jean* (1954) était à son répertoire.

« Krupp s'arrêta devant la statue du Paralytique à béquille de lave, dans sa niche. On entendait une goualante à l'intérieur, un vacarme usé qui venait s'écraser contre la porte cloutée. »

Daniel Boulanger,
Ursacq.

Hep !

En règle générale, mieux vaut pousser une goualante qu'une gueulante !

Gourgandine
(nom féminin)

C'est une femme légère, à la fois rusée et dévergondée, qui n'a pas froid aux yeux. Une catin (mot également vieilli) ? Non, car celle-ci est notoirement une prostituée. La gourgandine ne vit pas du sexe ; mais, délurée, elle aime s'en servir, à l'occasion.

« *Mon adolescence a hanté les surprises-parties du samedi soir [...] Que les autres fussent des gourgandines, la famille s'en fichait bien, comme s'en fichaient les mères de garçons : Je sors mon coq, rentrez vos poules ! glapissaient d'honorables dames de Passy ou de Monceau. Les gourgandines, bien sûr, avaient la cote. Que de manœuvres pour attirer telle ou telle sur le lit... »*

François Nourissier,
À défaut de génie.

Hep !

Gourgandine désignait aussi, au XVIIe siècle, un corsage lacé sur la poitrine. Délacer la gourgandine avant d'enlacer la gourgandine...

Gourme
(nom féminin)

Affection des voies respiratoires chez le cheval, la gourme est aussi une sorte d'impétigo qui s'empare du visage et du cuir chevelu des enfants. Avec les progrès de l'hygiène et de la médecine, cette dermatose a pratiquement disparu. Il n'en est pas de même de l'acné, qui continue de rougir les minois des adolescents et des jeunes gens. Il eût été plus logique, question d'âge, de dire d'un jeune homme qu'il « jette son acné », c'est-à-dire qu'il s'émancipe, qu'il commet ses premières frasques, ses premières extravagances ; mais l'histoire a retenu l'expression *jeter sa gourme*. Celui qui ne jette pas sa gourme est sérieux, irréprochable, mais un peu retardé.

> *« Si le viticulteur est un pape, si l'œnologue est un gourou, si le chef est un demi-dieu, pourquoi voudriez-vous que leur ultime desservant (le jeune sommelier) jette sa gourme ? »*
>
> Pierre Veilletet,
> *Le Vin, leçon de choses.*

Grimaud
(nom masculin)

Commençons pour une fois par la citation. Elle est extraite du livre dans lequel Jean-Paul Sartre raconte son enfance, *Les Mots :*

« *On s'étonnera de rencontrer ces rêves de risque-tout chez un grimaud promis à la cléricature.* »

Les Mots datent de 1964 et, quarante ans après, si le nom masculin *grimaud* figure bien dans le *Petit Larousse*, l'acception dans laquelle Sartre l'emploie a disparu. Ne subsiste que celle-ci, qui rend la phrase absurde ou loufoque : « mauvais écrivain ». Le *Petit Robert* ajoute : « homme inculte ou pédant ». Ce dico a aussi conservé le premier sens du mot, qui rend la phrase de Sartre intelligible : « écolier des petites classes, élève ignorant ».

Grimaud vient du francique *grima*, « masque ». De fait, le mot est de plus en plus masqué.

Gueux, Gueuse, Gueuserie
(noms)

En dépit de *La Chanson des gueux*, de Jean Riche-pin, les *gueux* sont chassés par les *clochards*, les *vagabonds*, les *misérables*, les *miséreux*, les *va-nu-pieds*, les *mendiants*, etc. La gueuserie est l'état de dénuement et de déréliction des pauvres hères (mot lui aussi vieilli). *Gueuserie* en tant que synonyme de *friponnerie* (*gueux* vient du néerlandais *guit*, « fripon, coquin ») est encore moins usité. La gueuse est une femme débauchée. D'où l'expression qu'on entend assez souvent, prononcée avec ironie : *courir la gueuse*.

« *Tu [la bouteille de vin] lui verses l'espoir, la jeunesse et la vie,*

Et l'orgueil, ce trésor de toute gueuserie,

Qui nous rend triomphants et semblables aux Dieux ! »

Charles Baudelaire,
« Le Vin du solitaire », *Les Fleurs du mal.*

« *Ah, ce n'est vraiment pas un jour à courtiser la gueuse sous les portes cochères.* »

Pierre Desproges,
Vivons heureux en attendant la mort.

Hommasse
(adjectif)

Se dit d'une femme dont le physique, l'habillement, les manières, toute l'allure, sont semblables à ceux d'un homme. C'est un terme très péjoratif, plus encore aujourd'hui qu'hier, où il est politiquement incorrect de se moquer des différences, même si, en l'occurrence, c'est une ressemblance que l'on souligne.

« Ce n'est pas qu'elle ne fût par nature courtaude, hommasse et boulotte ; mais les camouflets l'avaient redressée... »

Marcel Proust,
Du côté de chez Swann.

Hep !

L'adjonction de la finale *-asse* rend généralement les mots péjoratifs ou vulgaires, en en dépréciant le sens ou la valeur. Exemples : *blondasse, brouillasse, lavasse, rêvasse, fadasse, vinasse, grognasse,* etc. Faut-il les supprimer parce qu'ils ont mauvais genre ? Parce qu'ils sont laids ? Sur cette terre, tout n'est pas beau, et il est normal que des mots laids disent la laideur. Ou la grisaille. Ou le ridicule. Ou la méchanceté de celui qui parle.

Huis
(nom masculin)

Au vrai, l'*huis* – du latin *ostrium*, « porte, entrée » – ne verra pas de sitôt la porte de nos dictionnaires populaires se fermer devant lui. Rien à craindre, et pourtant non seulement on ne l'emploie plus, mais bien des jeunes gens en ignorent le sens, alors qu'ils savent très bien ce que signifie la locution *à huis clos*, « toutes portes fermées, sans intervention possible de l'extérieur ». C'est la fréquentation du huis clos et, malheureusement, des huissiers, qui maintient l'huis des dictionnaires ouvert...

> « *Puis, de l'autre côté de la porte, on entend s'élever un vent violent qui siffle et hulule dans la serrure et par les fentes de l'huis.* »
>
> Jean Tardieu,
> *La Première Personne du singulier.*

Hep !

Dans un souci de logique, j'aurais bien tiré un trait d'union entre *huis* et *clos* comme on tire un verrou.

Icelui, Icelle
(pronom et adjectif démonstratif)

Icelui est un « celui » plus démonstratif, plus direct, plus insistant. On l'emploie rarement aujourd'hui dans sa fonction classique de désignation appuyée, plus souvent avec humour ou ironie, afin de créer un décalage ou un contraste amusant avec le reste de la phrase. Au pluriel, encore plus rares : *iceux, icelles*.

Exemple classique :

> *« Je raconte, ou plutôt une cocotte de mon bouquin raconte son enfance. Elle était fille d'ouvriers à Lyon. J'aurais besoin de détails sur l'intérieur d'iceux. »*

Gustave Flaubert,
Correspondance,
lettre à Jules Duplan du 27 août 1818.

Exemple moderne :

> *« Il [le policier] envisage d'approfondir ses contacts avec cette jeune personne nommée Dulcinée Savedra. Quelle que soit l'horreur qu'il éprouve à cette pensée, il se tient prêt à user de toutes les tactiques pour obtenir les confidences d'icelle et, le cas échéant, de la tactique fornicatoire. »*

Lydie Salvayre,
Passage à l'ennemie.

Jean-foutre
(nom masculin invariable)

C'est un bon à rien, un type pas sérieux sur lequel on ne peut pas compter. De tout, il « n'a rien à foutre ». C'est un je-m'en-foutiste, celui-ci paraissant cependant posséder un caractère plus agréable que le jean-foutre qui, lui, puisqu'on est dans le langage familier, n'en a « rien à secouer ». À noter que si le mot est vieilli pour le *Petit Larousse*, il ne l'est pour le *Petit Robert* que dans sa première acception, où il désigne un ladre ou un gredin.

> « *Ayant décidé que ses adversaires étaient des jean-foutre tapis dans les pénombres de la mystique où ils martyrisaient la Raison, il ne lui restait plus, à partir des pièces à conviction, qu'à prononcer un réquisitoire implacable.* »
>
> Jean Cau,
> *Croquis de mémoire.*

Hep !

Foutre, qui se porte le mieux du monde dans les sens de « faire », de « mettre », de « jeter », ou pour désigner le sperme, ne s'emploie plus guère comme interjection : *foutre !*, ou comme synonyme de faire l'amour, pénétrer sexuellement (Flaubert aimait « foutre les femmes »).

Jocrisse
(nom masculin)

C'est un niais, un benêt, un naïf qui se laisse mener par le bout du nez. Bon garçon, trop bon garçon, dont on abuse de la crédulité et de la sottise, le jocrisse est plus à plaindre qu'à blâmer.

> *« Ah ça ! mon brave Bouzille, s'écria-t-il, qu'est-ce que cette nouvelle mascarade ?... Aurais-tu donc trouvé un emploi de jocrisse dans quelque baraque de la foire pour être ainsi vêtu ?... »*

> Pierre Souvestre et Marcel Allain,
> *Fantômas, Le Bouquet tragique.*

Hep !

Si son nom est passé dans le langage courant, le jocrisse était d'abord un personnage de théâtre. De même – mais ils sont plus connus que Jocrisse – Tartuffe, Harpagon, Trissotin, Arlequin, etc.

Jouvenceau, celle
(nom)

C'est à La Fontaine que les écoliers doivent probablement la seule chance dans leur vie de rencontrer le mot *jouvenceau* :

> « *Passe encor de bâtir ; mais planter à cet âge !*
> *Disaient trois jouvenceaux, enfants du voisinage.* »
> « Le Vieillard et les Trois Jeunes Hommes », *Fables*.

Adolescent ou jeune homme, le jouvenceau tire avec ironie son nom de la jouvence, principe de jeunesse que contiendrait miraculeusement l'eau de jouvence, laquelle coulerait à flots de la fontaine de Jouvence, source fabuleuse de la mythologie romaine.

> « *Il se mit ensuite à briser contre les murs les cristaux de Bohême, les vases décorés à la main, les tableaux de jouvencelles dans des gondoles chargées de roses, les miroirs aux cadres dorés...* »
>
> Gabriel Garcia Marquez,
> *Cent ans de solitude*,
> traduit de l'espagnol par Claude et Carmen Durand.

Hep !

La populaire *Jouvence de l'abbé Soury* a longtemps été, en flacons, l'équivalent des gélules de DHEA vendues, elles aussi en pharmacie, contre le vieillissement. Toujours disponible, la potion magique de l'abbé s'est recentrée sur la circulation du sang, qu'elle est censée faciliter.

Lupanar
(nom masculin)

Du latin *lupa*, « fille publique, prostituée », le lupanar est une maison close, un bordel, un lieu de prostitution. Souvent employé en littérature, rarement dans la presse ou dans la conversation, sauf à vouloir paraître original. Le lupanar paraît plus joyeux que le bordel.

> *« Les années sont passées, les unes derrière les autres, m'ouvrant les portes monumentales du lupanar terrifiant de la vie. »*

Louis Calaferte,
Requiem des innocents.

Hep *!*

Lupanar est le seul mot de la langue française se terminant par *-nar* à ne pas prendre un *d*, comme *renard, épinard, veinard, traquenard, canard...* et *panard*. C'eût été logique pourtant de prendre son panard au « lupanard » !

Macache
(adverbe)

Macache est un adverbe, oui, mais employé souvent en interjection : « macache ! » Ce qui signifie : « rien du tout ! pas du tout ! zéro ! n'y comptez pas ! » « Des primes de fin d'année ? Macache ! » On dit aussi, dans un langage très populaire, « macache bono ! » *Macache* est un mot qui vient d'Algérie, de l'arabe *makans*, « il n'y a rien ».

> *« Ça lui a donné un coup de pompe et puis une migraine terrible, alors forcément ça ne met pas en train pour, ça fait que pour ce qui est du jeu de la bête à deux dos, macache et ceinture... »*

Albert Cohen,
Belle du Seigneur.

> *« Destinat, pour moi, c'était un nom, une fonction, une maison, une fortune, un visage que je croisais chaque semaine au moins deux ou trois fois et devant lequel je levais mon chapeau. Mais ce qu'il y avait derrière, macache bono ! »*

Philippe Claudel,
Les Âmes grises.

Hep !

Synonyme très familier de *macache* : *que dalle !*

Mafflu, ue
(adjectif)

Qui a de grosses joues. Qualifie aussi d'autres parties du corps, et le corps tout entier lorsqu'il y a de la rondeur, de l'épaisseur, du volume. S'applique enfin à des animaux et à des végétaux qui présentent une anatomie rebondie.

> « *Thym frais [...], échalotes fraîches [...], oseille broutée par les limaces et les escargots, destinée à énerver les dents et à acidifier la bouche, tomates mafflues et fessues, incarnates et fruitées.* »

Michel Onfray,
La Raison gourmande.

On observera que Michel Onfray emploie ici l'adjectif *mafflu* dans son sens initial : « qui a de grosses joues ».

Manant
(nom masculin)

Synonyme péjoratif de *paysan*, *manant* est un mot qui dit dans la bouche de celui qui l'emploie (entre autres l'aristocrate dans le théâtre classique) la supériorité, la condescendance, le dédain. « Holà ! manant ! » Le manant doit laisser la place, il s'efface, il est humble, il n'est pas grand-chose. Au Moyen Âge, s'il est libre, c'est un vilain.

Dans la citation que voici, le mot a un sens un peu différent, qui est chronologiquement le premier :

> « *Le manant que j'étais, comme il se délectait de mieux connaître assurément le sable, les gueules et l'écartelé, tout l'art héraldique...* »
>
> René Étiemble,
> *Lignes d'une vie.*

Étiemble se désigne ici non comme un paysan, mais comme un roturier, un homme de condition inférieure – sa mère était modiste en chambre –, un sujet des seigneurs et maîtres qui dirigent le monde.

Hep !

Étiemble justifiait sa lutte ardente contre l'invasion de la langue française par l'anglo-américain (*Parlez-vous franglais ?* 1964, formidable succès de librairie) par son anticolonialisme de toujours.

Synonyme, également péjoratif, de *manant* : *croquant* (cher à Georges Brassens).

Mâtin
(nom masculin)

Avec un accent circonflexe, le *mâtin* n'a pas de chance, parce que ses trois acceptions ont tellement vieilli qu'on risque de se détourner de lui à tout jamais.

1) Le mâtin est un gros chien de garde.
« L'attaquer, le mettre en quartiers,
Sire Loup l'eût fait volontiers.
Mais il fallait livrer bataille ;
Et le Mâtin était de taille
À se défendre hardiment. »

Jean de La Fontaine,
« Le Loup et le Chien », *Fables.*

2) Le mâtin est aussi une personne grossière, sens abandonné au profit de « personne espiègle et délurée ». On emploie encore le féminin : « Ah ! la mâtine ! »

3) *Mâtin* est enfin une interjection qui exprime en même temps l'étonnement et l'admiration : « Mâtin ! Quel discours ! »

« Son mari, qui peignait en Amérique du Nord, lui
fit envoyer par son notaire un chèque de quinze mille
francs. Elle ne fit pas d'autre commentaire que de dire,
en riant : – Il a un notaire, à présent ? Mâtin ! »

Colette,
Le Képi.

Matutinal, ale, aux
(adjectif)

J'ai lu quelque part que *matutinal* est un adjectif inutile, puisque *matinal* dit la même chose et qu'il est plus simple, moins alambiqué. Pas d'accord ! *Matinal* est neutre, sans couleur, alors que *matutinal* résonne avec ardeur et gaieté. On entend sonner l'angélus ! On est dans la joie d'un nouveau jour ! C'est avec raison qu'on distinguera le trajet matinal de l'ouvrier, les cris matutinaux des oiseaux, les tâches matinales de l'infirmière, les promesses matutinales des amoureux.

Matutinal est bien employé dans l'exemple ci-après, parce que le lieutenant Drogo quitte sa ville plein d'espoir :

> « *Ils étaient arrivés en haut d'une côte. Drogo se retourna et regarda la ville à contre-jour, des fumées matutinales montaient des toits. Dans le lointain, il vit sa maison.* »

Dino Buzzati,
Le Désert des Tartares,
traduit de l'italien par Michel Arnaud.

Melliflu, ue
(adjectif)

Du latin *mellifluus*, « d'où coule le miel ». Dans ce sens concret, l'adjectif est qualifié de vieux. Mais pas dans son sens figuré : « qui a la douceur, le sucré, la suavité du miel ». Pourtant, même dans cette acception, le mot se fait rare. Je le sens menacé. Lorsqu'il a été employé dans une dictée des Dicos d'or, la plupart des concurrents n'en connaissaient pas la signification. Il est utilisé ci-après avec ambiguïté, soit pour qualifier de suaves les expressions d'Anna Pavlova, soit pour ironiser sur leur fadeur douceâtre, troisième et dernier sens, péjoratif celui-ci, de *melliflu*.

> « *Elle parlait un mélange de français papillotant, d'allemand sifflant et d'anglais glougloutant. Déjà commençaient à me fasciner les mots bizarres, les expressions melliflues...* »
>
> Frédéric Prokosch,
> *Voix dans la nuit*,
> traduit de l'anglais par Léo Dilé.

Mirliflore
(nom masculin)

Un mirliflore est un élégant jeune homme, fort satisfait de lui, qui aime se donner en spectacle. C'est un gandin (voir ce mot, page 50), mais plus jeune, plus naïf, pour qui l'habillement, la parure servent plus à étonner qu'à séduire. S'il continue, le mirliflore deviendra un dandy. Les garçons parfumés et cintrés des années 1960, qui se réunissaient dans les premiers drugstores et qu'on appelait des minets, étaient une variété de mirliflores.

> *« Je ne laissais pas d'être étonné que des mirliflores de Passy allassent chercher au fin fond de la Chaussée-d'Antin des satisfactions qu'ils auraient pu trouver beaucoup plus près de chez leurs bons parents. »*
>
> Jean Dutourd,
> *Jeannot, mémoires d'un enfant.*

Hep !

Le *Petit Larousse* admet deux orthographes : *mirliflore* et *mirliflor* (mot embaumé de *mille fleurs*). À noter aussi : l'expression *faire le mirliflore*, « avoir un comportement précieux, guindé ou sucré ».

Momerie
(nom féminin)

Au départ, la momerie était une mascarade, une danse parodique, un divertissement ironique. Puis on a employé le mot pour désigner des comportements ou des actes hypocrites, des attitudes – souvent religieuses – qui ne correspondent pas aux sentiments réellement éprouvés. La momerie est donc aujourd'hui un déguisement, un travestissement de la vérité.

> *« Mais que vous fait cela, vous, messieurs les jurés ? Vous n'êtes pas de la Cour, j'imagine. Étrangers à ses*

momeries, vous devez vouloir dans vos familles la véri-
table honnêteté. »

Paul-Louis Courier,
Pamphlets politiques,
Procès de Paul-Louis Courier.

 « *D'un athée [il s'agit du cardinal de Bernis] riant sous la cape rouge des momeries de la piété... »*

Angelo Rinaldi,
Service de presse.

Hep !

Le voisinage d'un ou d'une *môme* incline à mettre
– à tort – un accent circonflexe sur la *momerie*.

Moult
(adverbe)

Du latin *multum*, « beaucoup ». *Moult* signifie
donc « nombreux ». « Moult tentatives, moult paroles, moult livres. » Quand on l'emploie encore, c'est
le plus souvent avec malice ou ironie. Ainsi Alphonse
Boudard : oralement ou par écrit, il a usé moult fois
de *moult*.

 « *À l'école je me prélassais dans les fonds de classes...*
une flemme qui me valait moult punitions. »
[...]

Hep !

Mot d'argot, la *poivrade* est une beuverie. Ce substantif vient du verbe pronominal *se poivrer*, c'est-à-dire se soûler, se cuiter. On observera que l'adjectif *poivré*, au figuré, n'est pas dans le même registre éthylique, puisqu'il se rapporte à une œuvre leste, licencieuse, salée. Dans la culture, salé et poivré, c'est à peu près la même chose...

Nasarde
(nom féminin)

De *nasus*, « nez ». Une nasarde est un coup léger, une chiquenaude (très joli mot !) donnée sur le nez. Du temps de sa splendeur, *nasarde* était surtout employé métaphoriquement. Le mot désignait alors une offense, un camouflet (de *moufle*, « museau »), un affront. Pour une nasarde reçue sur le nez ou sur l'amour-propre, on allait en découdre sur le pré.

> *« Il s'attendait plutôt à des nasardes à l'adresse de sa famille qu'à une visite. »*
>
> Fédor Dostoïevski,
> *L'Idiot*,
> traduit du russe par Gustave Aucouturier.

Hep !

Familièrement le nase ou le naze est le nez, comme – en argot – le *blair*, le *tarin*, le *pif*, etc. Est nase ou naze ce qui est très abîmé, quasi fichu, et même déjà mort. Une montre nase ne marche plus, mais un type « complètement nase » est seulement très fati-

gué, crevé, vidé de son énergie. Ou abruti, nul :
« C'est vraiment un nase, ce type ! »

Nénette
(nom féminin)

La nénette évoque plus la java que le disco et le
raï. On préfère aujourd'hui appeler la jeune fille ou
la jeune femme une *gonzesse*, une *nana*, une *meuf*,
voire une *pouf*. Mais ce n'est pas dans cette acception
que la *nénette* a le plus vieilli : c'est dans le sens de
« méninges », de « tête ». On connaît cependant encore
l'expression *se casser la nénette*, « se casser la tête, se
fatiguer à réfléchir, à chercher ».

> « *Un speaker lisait les premiers communiqués de la
> guerre d'Espagne [...] "Que les hidalgos se démerdent !...
> Tous des crâneurs !... D'ailleurs, je ne comprends pas les
> corridas, ça me dégoûte... Un peuple qui aime des trucs
> aussi cons, aussi lâches, il ne mérite pas qu'on se casse la
> nénette ou la gueule pour lui !"* »
>
> Bertrand Poirot-Delpech,
> *L'Été 36.*

Hep !

On peut écrire : « Cette nénette ne se cassait pas
la nénette pour faire briller sa voiture avec une
nénette. » Cette troisième *nénette* est une brosse

souple et douce dont on se sert pour lustrer la car-
rosserie des autos.

Nitescence
(nom féminin)

Le *Petit Larousse* apporte à ses lecteurs beaucoup
de clartés, de lueurs, et pourtant la *nitescence* (du
latin *nitescere*, « briller »), qui est clarté et lueur, s'y
est éteinte. Elle rayonne encore dans le *Petit Robert*,
mais avec le filtre du « didactique ou littéraire ».

> *« En raison peut-être de ses exercices amoureux quo-
> tidiens et malgré son physique encore très enfantin, elle
> [Lolita] irradiait une sorte de nitescence langoureuse [...].
> Car la petite Lo était consciente de sa nitescence, et je la
> surprenais souvent coulant un regard en direction de quel-
> que mâle empressé... »*

Vladimir Nabokov,
Lolita,
traduit de l'anglais par Maurice Couturier.

Opiniâtrer (s')
(verbe pronominal)

On peut avoir un caractère opiniâtre. Les opiniâ-
tres sont des personnes résolues et persévérantes.
Quand elle s'emploie à soutenir pour longtemps une
opinion, sinon juste, du moins sincère, ou une
action utile, l'opiniâtreté est une vertu. On admet
même l'adverbe : *opiniâtrement*. Mais le verbe *s'opiniâtrer*, persévérer, s'entêter, a eu moins de chance
– ou d'opiniâtreté... – puisque, qualifié de vieux ou
de littéraire dans le *Petit Robert*, il a disparu du *Petit
Larousse*.

> « *Il était clair que, si Dieu lui prêtait vie [à
> Louis XIV], il n'y aurait plus, dans vingt ans, un seul
> huguenot dans le royaume. Déjà ils se convertissaient par
> milliers. Seule ma famille [celle de Mme de Maintenon]
> s'opiniâtrait et je croyais bien qu'ils resteraient les derniers
> pour mieux me rendre ridicule.* »
>
> Françoise Chandernagor,
> *L'Allée du roi.*

> « *"Il a la bosse de la littérature." Il ne croyait pas un
> mot de ce qu'il disait, mais quoi ? Le mal était fait ; à*

me heurter de front, on risquait de l'aggraver : je m'opi-
niâtrerais peut-être. »

Jean-Paul Sartre,
Les Mots.

Hep !

Je ne suis pas naïf, je sais bien que *s'opiniâtrer* a peu de chances de revenir dans le commerce ordinaire des mots. Mais je m'opiniâtre... Pour le panache.

Patache
(nom féminin)

Une patache était une diligence-omnibus de peu de confort qui, pour une somme modique, transportait les villageois, entre autres les paysans, sur des itinéraires courts. Au figuré, c'est aujourd'hui une voiture bringuebalante et inconfortable. Dans la citation ci-après, où il s'agit pourtant d'avions, Claude Lévi-Strauss restitue au mot son sens initial.

> *« En 1938, l'aviation ressemblait peu à ce qu'elle est aujourd'hui. Sautant, dans des régions reculées de l'Amérique du Sud, certaines étapes du progrès, elle s'était installée de plain-pied dans le rôle de patache pour des villageois qui, jusqu'alors, en l'absence de route, perdaient plusieurs jours pour se rendre à la foire voisine, à pied ou à cheval. »*

Claude Lévi-Strauss,
Tristes tropiques.

Hep !

Conducteur de la patache, le patachon devait mener une existence si dissipée, peut-être même dissolue, qu'il nous a légué la *vie de patachon*.

Pauvresse
(nom féminin),

Pauvret, ette
(adjectif et nom)

En France, il semble que plus le nombre de pauvres augmente, plus le vocabulaire de la pauvreté s'appauvrit. Au diable les distinctions entre les *pauvrets* (mot qui marque de la commisération pour les pauvres petits, pour les victimes innocentes du dénuement), les *pauvresses* (femmes indigentes qui vivent de la charité ou de la mendicité) et l'immense cohorte des *pauvres* de toute nature !

> « *Il est vraiment amoureux de moi. Moi, Georgie Rivers, une petite pauvresse méchante et dépravée... une coquette lascive et paresseuse !* »

Edith Wharton,
Libre et légère,
traduit de l'anglais par Jean Pavans.

Hep !

Ont également disparu ou vieilli : *sans-le-sou*, *purotin* (voir ce mot, page 88), *meurt-de-faim*, *mendigot*, *mouisard* (mais la *mouise* est toujours là), *gueux* (voir ce mot, page 56), *hère*.

Peccamineux, euse
(adjectif)

Voici le troisième mot de ce livre qui ne figure pas dans le *Petit Larousse*, ni dans le *Petit Robert*. Un mot joli, drôle et utile, dont l'absence me désole. Je le voyais qualifié de « litt. » (littéraire). Ou de vieilli ou vieux. Mais non, il n'y est pas. Et j'imagine la perplexité d'un lecteur curieux qui découvre *peccamineux* dans le dernier roman du Péruvien Alfredo Bryce-Echenique, qui veut en connaître le sens, et qui fait chou blanc dans la consultation de nos deux dicos populaires...

> « *Dans ces cinémas, au Biarritz et au Paris, on pouvait voir les peccamineuses Mylène Demongeot et Brigitte Bardot...* »
>
> Alfredo Bryce-Echenique,
> *Guide triste de Paris*,
> traduit de l'espagnol par Jean-Marie Saint-Lu.

Est peccamineux celui qui commet des péchés, qui est susceptible de faire ou de susciter le péché. Peccamineux par omission, les *Petit Larousse* et *Petit Robert* devraient passer à confesse...

Hep !

De la même origine que *peccamineux* (le latin *peccare*, « pécher »), l'adjectif *peccant, ante* – « les humeurs peccantes », c'est-à-dire mauvaises – est vieux, mais encore présent.

Pékin
(nom masculin)

Dans l'argot des militaires, un pékin est un civil. Mais – et c'est ce sens-là qui est considéré comme vieux par le *Petit Robert*, mais pas par le *Petit Larousse* – un pékin est tout simplement un type ordinaire, un homme quelconque, un mec anonyme. C'est dans cette acception que Régis Debray emploie le mot dans la citation ci-après.

> « *C'est le sortilège des palais (de la République, du pouvoir), auquel nul ne paraît échapper [...], qu'ils suppriment peu à peu la réalité du monde extérieur, celle des pékins – métro, embouteillages, prix du kilo de carottes... *»

Régis Debray,
Les Masques.

Hep !

Aucun rapport entre une foule de pékins à Paris et une foule d'habitants de la ville de Pékin ! Le mot *pékin* vient de *pekk*, « petit », et du provençal *pequin*, « malingre ». D'ailleurs, *pékin* peut aussi s'écrire *péquin*.

Pendard, arde
(nom)

C'est un coquin, un vaurien, un fripon, un gredin
à pendre. La *pendarde* – moins fort, moins joli à
entendre – ne vaut pas mieux. Dans le théâtre de
Molière, les pendards sont nombreux.

> *« Nous nous complimentâmes ensuite en riant tout*
> *notre soûl d'avoir su par nos flagorneries éveiller chez le*
> *poète une libéralité inaccoutumée. Si nous avions prévu*
> *l'avenir, nous aurions commandé des mets et des vins*
> *encore plus coûteux : car le pendard [Salvatore Quasi-*
> *modo] décrocha bel et bien le Nobel de littérature l'année*
> *suivante ! »*

Jean-François Revel,
Le Voleur dans la maison vide.

Hep !

Dire pis que pendre de quelqu'un, c'est l'accuser
de tant de forfaits, l'accabler de tant de reproches,
que, littéralement, il n'en faut pas tant pour justifier
qu'on lui passe la corde autour du cou.

Péronnelle
(nom féminin)

Une péronnelle est une jeune fille ou une jeune
femme aussi sotte que bavarde. Elle débite des fadaises

ou des inepties avec une remarquable assurance. Souvent utilisé par Molière, *péronnelle* est un mot du vocabulaire misogyne. On regrette qu'il n'ait pas d'équivalent masculin. Doit-on pour autant, par conformisme féministe, tordre le joli cou de la *péronnelle* ?

> *« Elle soutint que les demoiselles de magasins qui avaient apporté les robes étaient* des péronnelles... »
>
> Vladimir Nabokov,
> *Autres Rivages*,
> traduit de l'anglais par Yvonne Davet.

À noter que *péronnelles*, dans l'extrait ci-dessus, comme bien d'autres mots et expressions est « en français dans le texte ».

> *« Il n'avait que désir de séduire en appliquant une très ancienne recette qui consiste à faire croire à des péronnelles et à des bovarys que s'entretenir avec vous les rend intelligentes. »*
>
> Jean Cau,
> *Croquis de mémoire.*

Pétuner
(verbe)

Il est désormais interdit de pétuner dans les gares, dans les aéroports, dans tous les lieux publics et sur les plateaux de télévision. Pétuner, lit-on maintenant en grosses lettres sur des petits paquets qui coûtent de plus en plus cher, rend impuissant et donne le cancer. Pétuner, c'est fumer du pétun, autrement dit du tabac. C'était aussi priser celui-ci, à savoir en aspirer de la poudre par le nez. Tirer sur une pipe, c'est aussi pétuner.

> *« Je n'étais pas resté une journée entière à téter ma pipe pour l'abandonner si vite, maintenant que cent vingt grammes de tabac gonflaient la poche de mon trench-coat. Rien ne pressait. Autant marcher encore un peu en pétunant. »*
> Léo Malet,
> *Nestor Burma contre C.Q.F.D.*

Hep !

Trench-coat – imperméable croisé avec ceinture, col et rabats devant et derrière – est un mot anglais victime de la mode, puisqu'il a lui aussi vieilli.

Potiner
(verbe)

Les potins vont bon train. Ce sont des commérages rarement bienveillants. Le potin aussi – bruit, vacarme – va fort. Mais *potiner* s'essouffle. On préfère dire ou écrire *faire des potins*, *lancer des potins*, plutôt que *potiner*, verbe pourtant coquet et charmant. On observe le même phénomène avec son synonyme *cancaner*, moins employé que *faire des cancans*.

« Les jeunes filles avaient surtout remarqué la coupe raide de la redingote et le faux col à hautes pointes qui sciait le bas des oreilles ; elles potinaient à voix basse, rougissantes, émues. »

Blaise Cendrars,
L'Or.

Hep !

Il y a aussi – pour le *Petit Larousse* – *potinier, ère,* adjectif et nom. C'est celui ou celle qui potine. Le *Petit Robert* potine différemment : il ne retient que le substantif *potinière,* l'endroit où l'on potine. Exemple : à Paris, le théâtre de la Potinière.

Potron-minet
(nom masculin invariable)

Ne serait-il pas désolant de perdre un nom composé aussi charmant ? Le potron, c'est le postérieur, le derrière. Et le minet, c'est évidemment le chat. Quand le chat montre son cul, le chat et le jour se lèvent. L'expression *dès potron-minet* signifie « dès l'aube, au petit matin ».

« Les matins de cet hiver-là, sauf le dimanche, je me levais donc à potron-minet, ce qui n'était guère dans mes habitudes, afin de guetter [...] la sortie de l'écolière que je nommais tout bas ma fiancée. »

Maurice Chapelan,
Mémoires d'un voyou.

Hep !

Potron-jacquet – invariable comme *potron-minet* – dit la même chose que *potron-minet*, sauf que c'est l'écureuil, appelé jadis petit-jacques, qui montre son derrière. Encore dans le *Petit Larousse*, *potron-jacquet* a été rejeté dans la nuit par le *Petit Robert*. Des variantes existent, qu'on trouve dans les romans du XIXᵉ siècle : *patron-minet*, *patron-minette*, *patron-jacquette*. À noter encore que le *Grand Robert* écrit *potron-jaquet*.

Priapée
(nom féminin)

Dans l'Antiquité grecque et romaine, Priape, dieu de la Fécondité, avait un sexe à côté duquel ceux des acteurs de films X ne sont que des vermicelles. On lui rendait hommage par des fêtes et des danses licencieuses, parfois orgiaques, appelées *priapées*. Le mot est passé dans notre culture pour désigner des tableaux, des spectacles ou des écrits salaces, obscènes.

« *En feuilletant ces petites saturnales d'avant Révolution, on découvre [...] des bacchanales flûtées, des priapées à la Pétrone...* »

Marc Lambron,
Carnet de bal, tome 2.

Hep !

Dans le *Petit Larousse* et le *Petit Robert*, l'ordre alphabétique, en l'occurrence très facétieux, fait suivre *priapisme*, « état de ceux qui souffrent d'érection prolongée et douloureuse », de *prie-Dieu*...

Purotin
(nom masculin)

Un purotin n'est pas un individu épris de pureté ou exalté de purisme, auquel on aurait donné ce nom par ironie. Si elle descend elle aussi du latin *purus*, « net, sans tache », la *purée*, d'abord plat de légumes écrasés, puis misère, mouise, dèche, a donné *purotin*, personne qui est *dans la purée* – expression également vieillie. Un purotin, c'est un mec fauché comme les blés.

« *Aujourd'hui, poursuivit-il, transi, purotin, jobard, moulu par l'affliction, ayant un gros bourdon, il avait cru...* »

Georges Perec,
La Disparition.

Hep !

La Disparition est un roman de plus de trois cents pages, publié en 1969, dans lequel Georges Perec

88

s'est interdit d'employer tout mot contenant un *e*. Extraordinaire prouesse d'écrivain et de lexicographe. Pour ce qui est de la connaissance, de la possession et de l'utilisation des mots, Georges Perec n'était pas un purotin...

Quia (à)
(locution adverbiale)

Être à quia, c'est n'avoir rien à répondre, être dans l'impossibilité d'opposer des arguments. *Réduire quelqu'un à quia*, c'est le réduire au silence. L'expression vient du latin *quia*, qui signifie « parce que » : la réponse « parce que » sans autre explication est en effet un aveu de faiblesse ou d'impuissance. Dans la citation ci-après, la personne est réduite à quia physiquement et intellectuellement.

> *« Accourus à son chevet quand elle fut à quia, sous le prétexte de distraire au fils du défunt Commandeur sa part d'héritage, ils déménagèrent durant l'agonie de la veuve et avec son assentiment résigné tout ce qu'elle possédait... »*
> Marcel Jouhandeau,
> *Le Livre de ma mère.*

Hep !
En des temps très anciens, *à quia* pouvait signifier aussi qu'une personne n'avait plus de quoi payer.

Radeuse
(nom féminin)

La radeuse fait encore le tapin sur la voie publique dans le *Petit Larousse*, alors qu'elle a perdu son bout de trottoir dans le *Petit Robert*. C'est un mot qui appartient au vocabulaire de l'argot.

> « *Le Cesbron d'à côté, il clopine comme un tire-laine*[1] *du Moyen Âge. Donnez-lui un pilon, une carriole et des fers, il ira demander l'aumône aux radeuses du Majestic...* »

Marc Lambron,
1941.

Hep !

Dans son *Dictionnaire érotique*, Pierre Guiraud note que *faire la rade*, racoler, a donné *radeuse* et *radasse* (au son plus vulgaire que *radeuse*).

---

1. Voir *tire-laine*, page 105.

Rastaquouère
(nom masculin)

Ça a toujours été un mot péjoratif, un peu xéno-phobe, qui désigne des étrangers riches ou donnant l'impression de l'être par l'étalage d'un train de vie dont on suspecte l'honnêteté. *Rastaquouère* vient de l'espagnol *rastracuero*, « traîne-cuir », donc d'un autre niveau social qu'un traîne-savates !

> « *J'ai bien essayé de m'amuser avec ceux-là qui détiennent les secrets de la fête, mais je n'ai trouvé qu'une série de femmes vulgaires et bêtes dansant au bras d'une série de rastaquouères civils ou militaires, ils se valent bien.* »
>
> Mireille Havet,
> *Journal 1918-1919.*

Hep !

Quoique péjoratif et désuet, ce mot de *rasta-quouère* me plaît parce qu'il est amusant à prononcer, aujourd'hui exotique (probablement à cause de la proximité avec *rasta*, abréviation de *rastafari*, le mou-vement politique et culturel jamaïcain d'où est sortie la musique reggae) et même sympathique. Je l'ai employé dans deux ou trois dictées des Dicos d'or.

> « *Que de substantifs caducs et prétentieux de petits-maîtres se sont laissé supplanter par les mots succulents des rastaquouères !* »
>
> *Dictée de la finale de 1988.*

Hep !

Un petit-maître, avec un trait d'union, est un jeune gandin (voir ce mot, page 50) maniéré et prétentieux. Mot lui aussi vieilli.

Ribote
(nom féminin)

On connaît surtout l'expression *faire ribote* : faire bombance, avec une nuance de gaillardise, de débauche. On est à la noce, on s'empiffre et l'heure n'est pas à la vertu. La ribote est l'excès de table et de vin dans la bonne humeur. On dit : « Se livrer souvent à la ribote. »

> « *Dehors, le froid, la faim, l'homme en ribote :*
> *C'est bon. Encore une heure ; après, les maux sans noms !* »

Arthur Rimbaud,
« Les Pauvres à l'église », *Poésies.*

> « *En vérité, il était le meilleur, le plus fort, le seul élu et innocent, et grâce au destin, il serait vainqueur de toute cette racaille en ribote.* »

Michel Tournier,
Le Roi des aulnes.

Hep !

À noter l'existence du nom et adjectif *ribaud, aude*, qui désignait autrefois un vagabond et, plus récemment, un débauché (qu'il mange peu ou beaucoup). De là est venue la *ribote*, la bouffe l'emportant sur le stupre.

Robin
(nom masculin)

Le robin porte la robe des hommes de loi. Il s'exprime devant les tribunaux et dans les cours de justice. Mais le terme est péjoratif. Un magistrat traité de robin ne sera pas enclin à l'indulgence.

> « *Finalement, je me suis trompé sur moi-même plus que je ne l'aurais pensé. J'ai voulu être un robin, j'ai rêvé d'être un écrivain, j'ai aspiré à devenir un politique, j'ai même été un orateur et un stratège...* »
>
> Jérôme Garcin,
> *C'était tous les jours tempête.*

Hep !

On observera qu'Hérault de Séchelles, auquel Jérôme Garcin prête sa plume, se moque de la magistrature en employant le mot *robin*, alors qu'il se montre respectueux des autres professions auxquelles il a aspiré ou s'est frotté. Condamné à mort, le révolutionnaire attend d'être guillotiné. On peut comprendre qu'il n'ait pas une bonne opinion de ceux qui rendent la justice, même si, en l'occurrence, ce sont des « politiques ».

Rufian
(nom masculin)

Ou *ruffian*. Avec un ou deux *f*, c'est toujours un aventurier sans foi ni loi, un entremetteur, un suborneur, un souteneur, un voyou qui a du pouvoir et de la surface.

> *« Après tout, je ne suis qu'un rustre, un cul-terreux converti en flingueur à la solde de rufians. »*
> Eduardo Mendoza,
> *La Ville des prodiges*,
> traduit de l'espagnol par Olivier Rolin.

Hep !

Terme très péjoratif, le cul-terreux (pluriel : des culs-terreux) est un paysan. Avec la mécanisation de l'agriculture, les paysans ont de moins en moins de terre sur leurs vêtements. *Cul-terreux* n'en est que plus offensant.

> *« La gloire, c'est d'avoir sa photo au mur, entre Madonna et Marilyn. Cela se traduit, concrètement, par*

une bonne place à la terrasse quand une vingtaine de culs-terreux attendent encore à la porte. »

Dany Laferrière,
Cette grenade dans la main du jeune nègre est-elle une arme ou un fruit ?

Saperlipopette !
(interjection)

À l'oreille, une des plus jolies trouvailles de la langue française. C'est un juron, un gentil juron, qui s'est probablement affadi au fil du temps, gagnant en drôlerie ce qu'il a perdu en force. Comme *sapristi* est une déformation de *sacristie*, *saperlotte* d'abord, puis *saperlipopette*, sont des reconversions du mot *sacré*, de grande consommation dans les jurons et les blasphèmes. *Saperlipopette !* exprime l'étonnement ou l'agacement, et vient souvent appuyer un ordre ou une indignation. « Mais vous êtes en train de me raconter des blagues, saperlipopette ! »

Le professeur Tournesol : « Saperlipopette ! Je n'aurais pas dû sortir sans parapluie... » « Saperlipopette ! Il avait pourtant promis de ne rien dire ! Cela devait être une surprise... » « Saperlipopette ! Qu'est-ce que c'est toutes ces cachotteries, à la fin ?... J'en ai assez ! »

Hergé,
Les Bijoux de la Castafiore.

Hep !

Dans ses *Proses et vers français de collège*, Arthur Rimbaud s'amuse avec des « saperlipotte de saperlipopette ! », « saperlipopettouille ! », « saperlipouille ! » et « saperpouillotte ! »

À la question : « Votre juron favori ? », Bertrand Poirot-Delpech avait répondu (*Bouillon de culture* du 17 novembre 2000) : « Je connaissais une vieille dame qui disait : "Ça me perd les popettes !" »

Sapience
(nom féminin)

La *sapience* est synonyme de *sagesse*, même si elle fait davantage référence à la science. Pourquoi conserver un mot qui a été occulté par un autre ? Parce que la bêtise et la folie ont tellement de synonymes qu'on peut bien garder deux mots pour dire la pertinence du jugement et l'équité du comportement. Les livres sapientaux sont des livres religieux, de sagesse.

> « *Elle [l'abbaye] m'apparaissait comme un refuge de saints, un cénacle de vertu, une châsse de sapience, une arche de prudence, une tour de sagesse...* »
>
> Umberto Eco,
> *Le Nom de la rose*,
> traduit de l'italien par Jean-Noël Schifano.

Hep !

Le *sapiens* de *Homo sapiens* – l'homme moderne des paléontologues, l'homme capable de réfléchir et de connaître – est de la même famille, évidemment, que *sapience* : tous deux viennent du latin *sapiens*, « sage ».

Scrogneugneu
(interjection, adjectif et nom masculin)

C'est un mot que j'adore. Non pour ce qu'il désigne : un vieux bougon, un vieux ronchon. Mais 1) parce qu'il est amusant à prononcer ; 2) parce qu'il est issu par altération du juron *Sacré nom de Dieu !* et qu'avant d'être employé comme substantif il était utilisé comme juron : « Scrogneugneu ! » ; 3) enfin, parce qu'à lui tout seul il campe bien un grognon jamais content, toujours à renâcler ou à protester.

Disparu du *Petit Larousse*, *scrogneugneu*, pour le *Petit Robert*, n'a pas vieilli. Tant mieux.

> « *Des noms et des visages nouveaux apparurent. Maréchalistes scrogneugneu, détenus tout juste libérés, parents, amis de détenus...* »

Dominique Jamet,
Notre après-guerre.

Hep !

Quitte à fâcher les scrogneugneux, et même Dominique Jamet qui n'en est pas un, ils n'échappent pas à la règle du pluriel des noms en *-eu* : ils prennent un *x* (seuls *bleu*, *neuneu*, *émeu*, *enfeu*, *pneu* et *lieu*, le poisson, prennent un *s*). Les femmes ayant meilleur caractère que les hommes, les « scrogneugneuses » n'existent pas...

Seoir
(verbe)

Je reconnais volontiers que la conjugaison du verbe *seoir* a de quoi décourager un étranger d'apprendre le français : *il sied*, *il seyait*, *il siéra*, *qu'il siée*... ; participe présent : *séant ;* participe passé : *sis*. Mais on peut très bien pratiquer notre langue en restant dans l'ignorance de *seoir* ; et nous, le caresser du regard comme un bijou rare et étrange qui sied bien – qui va bien, qui convient bien –, certains jours, à notre humeur ou à notre corps.

> *« Les enterrements siéent à Saint-Sulpice. »*
> Jean-Paul Kauffmann,
> *La Lutte avec l'ange.*

« Cette vie libre et sans règle ne seyait point, pensèrent mes parents, à un adolescent voué à la vie contemplative. »

Umberto Eco,
Le Nom de la rose,
traduit de l'italien par Jean-Noël Schifano.

On observera que l'adjectif *seyant* vient du verbe *seoir* et qu'il est, lui, fréquemment employé dans la mode, le prêt-à-porter : « une robe seyante, un costume seyant ».

Hep !

Contraire de *seoir* : *messeoir*, « ne pas convenir », s'emploie surtout avec une négation : « Ce livre ne messied pas à votre réputation. » On sera ravi d'apprendre que *messis* n'est pas le participe passé de *messeoir*, qui n'en a pas ! *Seoir* signifie aussi, acception encore plus ancienne, « être assis, demeurer ».

Septentrion
(nom masculin)

Voici une chose bien curieuse : on continue d'employer assez fréquemment l'adjectif *septentrional*, « situé au nord » (« l'Europe septentrionale », « la partie septentrionale de la Chine »), et on a abandonné le nom *septentrion* pour son synonyme : le nord. Au vrai, le *septentrion* – du mot latin *sep-*

temtriones, « les sept bœufs de labour » – désigne les sept étoiles de la Grande Ourse et de la Petite Ourse. C'est dans celle-ci que brille l'étoile Polaire, toute proche du pôle Nord.

> « *Une heure plus tard, Giovanni Drogo était sur la terrasse supérieure de la troisième redoute, à l'endroit même d'où, le soir précédent, il avait regardé vers le septentrion.* »

Dino Buzzati,
Le Désert des Tartares,
traduit de l'italien par Michel Arnaud.

Subséquemment
(adverbe)

Ce très vieux mot continue d'être utilisé par les juristes, les juges, les notaires, les huissiers, l'administration, etc., dans les textes qui relèvent du droit et de la réglementation. Mais il a disparu de la conversation et il ne se rencontre plus que très rarement dans la littérature, dans la presse, ou alors avec une intention parodique ou divertissante. Ce qui est subséquent, c'est ce qui suit parce que dépendant, lié. Subséquemment, c'est donc : après, en conséquence, en toute logique.

> « *Il y a plus de cinquante ans que Smautf est au service de Bartlebooth [...]. Les voyages de Bartlebooth, et sub-*

séquemment de Smautf, [...] les menèrent d'une façon
parfois capricieuse tout autour du monde. »

Georges Perec,
La Vie mode d'emploi.

Hep !

J'ai écarté de cet ouvrage des adverbes qu'à tort
ou à raison je juge aussi disgracieux qu'inutiles,
comme *bellement* ou *mêmement* ou *incontinent*.

Suivez-moi-jeune-homme
(nom masculin invariable)

On appelait ainsi les rubans des chapeaux de femmes qui flottaient sur la nuque et qui, par leurs mou-
vements gracieux et désordonnés, étaient comme une
invite aux jeunes gens à suivre leurs balancements,
puis à les immobiliser en retirant le chapeau de la
dame... Le suivez-moi-jeune-homme obtient des
effets variables, mais le mot est invariable.

« Les manières hautaines, ces airs de morgue et d'arro-
gance n'impressionnent guère Jeanne. Toutes ces personnes
qu'elle orne de plumes, de poufs, de volants, de suivez-
moi-jeune-homme... »

Pierre Combescot,
Les Diamants de la guillotine.

Hep !

Le pouf n'est pas seulement un siège bas, moelleux, qui ressemble à un gros coussin cylindrique. C'est aussi une manière qu'avaient les couturières d'autrefois de faire bouffer les jupes, les robes et les manteaux. La Jeanne de Pierre Combescot était une spécialiste des poufs avant d'être victime – pouf ! – de son ambition.

À noter qu'en Belgique un pouf est une dette : *payer son pouf*. Ou un crédit : *acheter à pouf*. Ou encore le hasard : *choisir à pouf*.

On sait, enfin, qu'une pouf est aujourd'hui, en langage familier et machiste, une femme.

Tire-laine
(nom masculin invariable)

Déjà disparu du *Petit Robert, tire-laine* est encore présent dans le *Petit Larousse*. On aurait tort de l'en chasser parce que, si les tire-laine étaient des bandits qui attaquaient les aristocrates et les bourgeois pour leur voler leurs manteaux, souvent en laine, ils existent toujours, à cette différence près qu'ils ôtent par la force aux lycéens et aux passants leurs blousons ou manteaux de cuir. « Tire-cuir » serait une piètre modernisation de *tire-laine*.

> *« Le loubard prend soudain de la noblesse quand on le déguise en tire-laine du Moyen Âge, il donne de la couleur à un récit banal. »*
>
> Patrick Rambaud,
> *L'Absent.*

Hep !

En français, ça tire tous azimuts ! Dans les caves : le *tire-bonde* ; dans les restaurants : le *tire-bouchon* ; chez les bricoleurs : le *tire-clou* ; dans les maternités : le *tire-lait* ; aux sports d'hiver : le *tire-fesses* ; dans les cabinets de dessin : le *tire-ligne* ; au travail : le *tire-*

au-flanc et le *tire-au-cul*, l'un et l'autre mots assurés d'avoir de l'avenir.

Toquer
(verbe)

Se toquer : s'enticher, se prendre d'amour ou d'amitié. Épatant.

Être toqué de... : être épris, amoureux de... Excellent.

Être toqué : être un peu cinglé, un peu barjot. Très bien.

Mais pourquoi abandonner en chemin le verbe *toquer* dans le sens de « frapper discrètement, heurter d'une main légère », une porte le plus souvent ?

> « *Avec les premiers blindés, vous aurez des pionniers et de l'infanterie portée, tout de suite, et mordante. Et ces lascars-là ne viendront pas par la route. Ils feront le tour. Ils viendront toquer à votre coffre-fort bien poliment, par la porte, mais avec un ou deux pétards de mine...* »
>
> Julien Gracq,
> *Un balcon en forêt.*

Hep !

Les lascars de Julien Gracq sont des soldats braves, habiles, rusés. En ce sens-là, le mot est jugé vieilli. Les lascars d'aujourd'hui sont surtout des petits malins qui usent de moyens peu honnêtes.

Torche-cul
(nom masculin)

Comme on a peur des mots, on ne parle plus de *torche-cul* (*torche-culs* au pluriel), mais de papier hygiénique, de papier-toilette. Les plus jeunes ou les plus délurés prononcent P.Q. – « un rouleau de P.Q. » – pour « papier cul ». Avec son *torche-cul*, Rabelais peut aller se rhabiller ! Si le mot a disparu du *Petit Larousse*, alors qu'il s'accroche encore au *Petit Robert*, c'est que, même dans son sens figuré – écrit lamentable, livre abject –, il n'est plus guère employé.

« Proust, se souvenant peut-être du catalogue des navires établi par Homère, des catalogues de chapeaux, de torche-culs, d'ustensiles de cuisine, d'armes, de maladies, de boissons, de mots et en vérité de n'importe quoi enfilés par Rabelais avec beaucoup de génie... »

Jean d'Ormesson,
Dieu, sa vie, son œuvre.

Hep !

Peut-être n'aurais-je pas retenu *torche-cul* si je ne l'avais trouvé sous la plume aristocratique et académicienne de Jean d'Ormesson...

Tranche-montagne
(nom masculin)

C'est un fieffé menteur qui se vante d'exploits extraordinaires, un fanfaron de grande envergure. C'est un tartarin, un flambard (voir ce mot, page 47) de haute jactance ou d'orgueil souverain.

> *« De bonne humeur, je tente d'engager la conversation. Rodomont et tranche-montagne, lui. Inaccessible. J'apprendrai plus tard que le haineux est un sectateur d'Attac. »*
>
> Yves Berger,
Dictionnaire amoureux de l'Amérique.

Yves Berger ne prête pas à son interlocuteur des exploits chimériques, mais lit dans son attitude le mépris de l'homme qui en a vu d'autres et à qui on ne la fait pas...

Hep !

Rodomont, nom et adjectif, est un personnage de l'Arioste. C'est également un hâbleur, un fier-à-bras, un matamore d'opérette. *Sectateur*, vieux lui aussi, désigne un partisan convaincu de la philosophie d'une secte, d'un parti.

Trotte-menu
(adjectif invariable)

Qui avance à petits pas, qui trotte sur des pattes courtes et fluettes. La Fontaine a rendu célèbre l'adjectif en qualifiant les souris de « gent trotte-menu ».

> « *"Ménagez vos américanismes", dit le susnommé en ouvrant ses bras paternels à l'innocente Lucette qui venait d'entrer, trotte-menu, en serrant dans son petit poing, comme une oriflamme, un filet à papillons pour enfants...* »

Vladimir Nabokov,
Ada ou l'Ardeur,
traduit de l'anglais par Gilles Chahine.

Hep !

Si *trotte, trotter, trotteur, trotteuse* (l'aiguille des secondes), *trottinement, trottoir, trottiner, trottinette* continuent de trotter allègrement, il n'en est pas de même pour *trottin*, dépossédé par le *coursier* des courses en ville pour le compte d'une modiste.

> « ... *que l'on rencontre encore parfois dans le sillage des trottins, autre spécimen de la faune parisienne également en voie de disparition.* »

Léo Malet,
M'as-tu vu en cadavre ?

Turlutaine
(nom féminin)

La turlutaine, c'est un refrain, une scie, une ritournelle de propos sans cesse tenus et répétés. En général, ce ne sont pas des propos très profonds ou très sincères.

> *« Fût-il nommé, il aurait tout à perdre et rien à gagner. Dieu merci, il n'est pas orateur. Et c'est la seule chose qui compte auprès de mes chers collègues [de l'Académie française] quand même ce qu'on dit ne serait que turlutaines. »*
> Marcel Proust,
> *Le Côté de Guermantes.*

Hep !

Dans nos dicos de référence, après la *turlutaine* on trouve, par ordre alphabétique, la *turlutte*, qui est un engin de pêche et une métaphore de la fellation (« faire une turlutte »), et le *turlututu chapeau pointu*, exclamation ironique de refus et métaphore du sexe de l'homme. Faut-il préciser que ces mots ne sont pas vieux ni vieillis ?

Valétudinaire
(adjectif et nom)

Surtout employé comme adjectif : « un adolescent valétudinaire », « une mamie valétudinaire ». Dont la santé n'est pas bonne, qui vit dans un état maladif, qui est sans cesse accablé de maux dont il ne guérira probablement jamais. L'esprit, le moral peuvent souffrir pareillement ; l'humeur, aussi.

> *« Le ton fatigué et valétudinaire de la lettre de Flaubert à Louise Colet sur les couchers de soleil n'était pas affecté. 1846, c'est l'année où son père et sa sœur Caroline sont morts. »*

Julian Barnes,
Le Perroquet de Flaubert,
traduit de l'anglais par Jean Guiloineau.

> *« J'ai voulu revoir ce jardin récemment loti grâce à une rapacité bourgeoise et valétudinaire... »*

Philippe Soupault,
Histoire d'un Blanc.

Hep !

Pendant longtemps, j'ai cru que *valétudinaire* signifiait « hésitant, irrésolu ». Voilà ce que c'est, mes chers parents, de ne pas m'avoir fait faire de latin ! Sinon, j'aurais su que le mot latin *valetudo* a pour traduction « état de santé ».

Venette
(nom féminin)

Avoir la venette, c'est avoir peur. Ce mot régional et populaire est un synonyme de *frousse, crainte, angoisse*, etc. Pourquoi conserver un mot dont les équivalents sont légion ? Pour son origine : il vient de *vesser*, verbe lui aussi d'un grand âge qui signifie « lâcher les vesses, les gaz de l'intestin, des vents ». Un homme qui a peur est parfois pris de débordement. Il ne se maîtrise plus. Il vesse. *Venette*, mot qui en est dérivé, est plus gracieux. Il a de l'éducation, il sait se tenir, et il ne désigne plus que la peur, sans effet physiologique.

« J'avais une si belle venette de la solitude que j'arrivais parfois à la cajoler et à jouer au zanzibar, son jeu favori. »
Pierre Mac Orlan,
Le Rire jaune.

Hep !

Il est à craindre que, à la radio ou à la télévision tel qui dirait qu'un jour il eut la venette, le public ne comprenne qu'il eut la vedette...

Vétille
(nom féminin),

Vétiller
(verbe),

Vétilleux, euse
(adjectif),

Vétillard, arde
(adjectif et nom)

Ces quatre mots réunis par les liens du vieux français *vette*, « ruban », n'ont pas eu le même destin. La *vétille* – chose sans importance, insignifiante – se porte bien, surtout au pluriel : « Ce sont là des vétilles ! » L'adjectif *vétilleux* – se dit d'une personne qui s'attache à des bricoles, à des riens – est qualifié de littéraire par nos deux dictionnaires de référence. Ça va moins bien pour le verbe *vétiller* – s'intéresser à des bagatelles, à des brimborions (voir ce mot, page 24) –, jugé par l'un littéraire et par l'autre vieux. Quant au *vétillard* et à la *vétillarde* – personnes qui chicanent pour pas grand-chose –, ils sont ou vieux ou vieillis. Des quatre, *vétillard* est le moins employé et donc le plus menacé.

« Les bonnes cuisinières ne peuvent souffrir les besognes qu'elles appellent justement "vétilleuses", celles qui prennent beaucoup de temps pour peu de résultats. »
Jonathan Swift,
Instructions aux domestiques,
traduit de l'anglais par Émile Pons.

Vit
(nom masculin)

Le mot le plus court pour désigner le sexe de l'homme. Du latin *vectis*, « levier, barre, pilon ». Avantageusement métaphorique, *vit* est un mot aussi correct que *pénis* ou *phallus*. Il en est beaucoup d'autres, bien moins convenables, plus directs, qui expriment la même orgueilleuse idée d'outil très performant et même perforant : l'*outil*, justement, l'*engin*, le *vilebrequin*, le *mortier*, le *bâton*, le *mât*, le *dard*, le *braquemart*, etc. Les synonymes sont innombrables.

> « *Cascade soudaine de Mlle Van Hoeck que j'avais pour ainsi dire oubliée sur la pointe de mon vit. S'échauffe dangereusement. Les quatre fers en l'air...* »
> Louis Calaferte,
> *Septentrion* [1].

Hep !

Aussi court que le *vit*, le *paf*! *Zizi*, *bite* ne comptent qu'une lettre de plus. Mais est-il bien raisonnable de rechercher des mots brefs pour désigner ce que la virilité espère le plus long possible ?

---

1. Voir ce mot, p. 101.

Y
(pronom)

La vingt-cinquième lettre de l'alphabet et le chromosome sexuel des mâles ne sont pas en voie de disparition, rassurons-nous. Mais, dans le langage très populaire, le *y*, pronom mis à la place de *il*, n'est plus mentionné que dans le *Petit Robert*.

> *« Mon oncle : – Aïe ! Aïe ! Le fera-t-y, le fera-t-y pas ?...*
> *Hélène : – Alors, monsieur Jean, c'était-y bon ? »*
> Jean Dutourd,
> *Le Déjeuner du lundi.*

Hep !

Le parler lyonnais et les patois de la région Rhône-Alpes usent abondamment du *y* comme pronom direct neutre mis à toutes les sauces. « J'y sais aussi bien que toi... » ; « J'y porte au dégraissage (pressing)... » J'aime entendre mon neveu du Beaujolais, à propos d'un ciel menaçant comme d'une actualité politique houleuse, dire : « J'y vois pas beau ! »

BIBLIOGRAPHIE

Ouvrages de référence

Petit Larousse, 2003
Petit Robert, 2003

Ouvrages consultés

Grand Robert de la langue française, 2001
Grand Dictionnaire encyclopédique Larousse, 1982
Dictionnaire de l'Académie française, 9ᵉ édition
Dictionnaire historique de la langue française, sous la direction d'Alain Rey, Le Robert, 1992
Le Bouquet des expressions imagées, Claude Duneton, Seuil, 1990
Les Mots et la Chose, Jean-Claude Carrière, Plon, 2002
Dictionnaire érotique, Pierre Guiraud, Payot, 1978

Le Dico du sexe, Albert Doillon, Fayard, 2002

Dictionnaire du monde rural, Marcel Lachiver, Fayard, 1997

Merveilles et secrets de la langue française, Sélection du Reader's Digest, 2000

Dictionnaire du français non conventionnel, Jacques Cellard et Alain Rey, Hachette, 1991

Dictionnaire de synonymes et mots de sens voisin, Bertaud du Chazaud, Gallimard, 2003

INDEX DES AUTEURS CITÉS

Liste personnelle
de mots en péril...

PAPIER CERTIFIÉ

Le Livre de Poche s'engage pour
l'environnement en réduisant
l'empreinte carbone de ses livres.
Celle de cet exemplaire est de :
250 g éq. CO$_2$
Rendez-vous sur
www.livredepoche-durable.fr

Composition réalisée par Belle Page

Achevé d'imprimer en janvier 2024 en Espagne par
CPI Blackprint
Dépôt légal 1re publication : novembre 2006
Édition 05 – janvier 2024
LIBRAIRIE GÉNÉRALE FRANÇAISE
21, rue du Montparnasse – 75298 Paris Cedex 06

31/1777/7